AF 113549

copyright © 2024 Camille Baclet

design de couverture © Camille Moreuille

Édition : BoD • Books on Demand GmbH, In de Tarpen 42, 22848 Norderstedt (Allemagne)

Impression : Libri Plureos GmbH, Friedensallee 273, 22763 Hamburg (Allemagne)

tous droits réservés

ISBN : 978-2-3225-2311-5

édition : octobre 2024

Dépôt légal : octobre 2024

Le Code de la propriété intellectuelle interdit les copies ou reproductions destinées à une utilisation collective. Toute représentation ou reproduction intégrale ou partielle faite par quelque procédé que ce soit, sans le consentement de l'auteur ou de ses ayants droit ou ayants cause, est illicite et constitue une contrefaçon, aux termes de l'article L.335-2 et suivant du Code de la propriété intellectuelle.

note d'autrice

Une émotion particulière me traverse alors que je tape ces mots : c'est fou de penser que je publie pour la deuxième fois un livre.

Cette parution prend la forme d'un voyage à travers l'hiver en cinq nouvelles. Au fil de ce recueil, vous découvrirez cette saison sous différents angles, liés par des thèmes communs tels que l'espoir, l'amour et les festivités — qu'il s'agisse de célébrer la vie ou de trouver de la chaleur dans la nuit la plus froide.

Tout comme pour mon premier roman, j'y ai glissé mes influences et passions telles que *Marilyn & John* de Vanessa Paradis, la Corée du Sud et sa culture, notamment avec Stray Kids et Day6, mais aussi mon amour pour l'univers de *The Last of Us*.

J'espère que malgré toute la souffrance que certains d'entre nous peuvent ressentir lors des fêtes de fin d'année, le temps de quelques pages, vous trouverez la magie de Noël et l'adelphité que j'y ai insufflé.

avertissement

Ce recueil de nouvelles hivernales que vous venez d'ouvrir est une œuvre de fiction. Les noms, personnages, endroits et événements sont issus de l'imagination de l'autrice. Toute ressemblance avec des personnages ou des événements existants ou ayant existé serait fortuite.

Dans ce livre, vous serez confrontés à des thématiques sensibles telles que la dépression, la déréalisation, l'anxiété, la santé mentale chez les jeunes de manière générale, le harcèlement scolaire, l'homophobie, la transphobie, le handicap invisible, la mise en doute de la parole des malades, la douleur, le deuil et parfois un contexte apocalyptique.

Ces avertissements portent sur la totalité du recueil, bien que la liste ci-dessus ne puisse être exhaustive et tenir compte des sensibilités et traumatismes de chacun·e.

Les sujets sont abordés de manière légère pour éviter au maximum de déclencher, raviver, rendre prégnants, des traumatismes que vous portez ou heurter votre sensibilité lors de votre lecture. Toutefois, si ce genre de thèmes vous atteint, un *trigger warning* — un avertissement destiné à signaler les contenus sensibles — sera mis avant chaque nouvelle. Sentez-vous libre de vous y référer ou non.

Malgré ma volonté d'écrire des personnages bienveillants, ils restent humains, et ne sont pas forcément des modèles de vertu ni des exemples. Des erreurs, ils en ont fait et en feront, propres à leur nature imparfaite qui les rend uniques.

Ne faites pas comme mon personnage Hyeon-gi dans la nouvelle *Goyangeo — ou le chaquin*. Il est fortement déconseillé de faire de la musculation (sport de renforcement musculaire créateur de douleurs et lésions souvent durable) lorsque l'on est atteint du syndrome d'Ehlers-Danlos, elle peut aggraver l'état du malade. Il est préférable de privilégier des sports et des exercices favorisant la rééducation isométrique et la kinébalnéothérapieculaires, comme le cyclisme et la natation, sous réserve de quelques points d'attention.

Pour cette nouvelle, je me suis inspirée du type de syndrome dont est atteinte ma maman, la représentation de Hyeon-gi n'est donc pas représentative de toutes les personnes atteintes par la maladie. Veuillez garder cette information lors de votre lecture.

Une liste de ressources vers laquelle vous pouvez vous tourner est disponible à la fin du recueil. N'hésitez pas à l'utiliser.

Vous n'êtes jamais seuls.

Prenez soin de vous et bonne lecture,

Camille

sommaire

- 4   note d'autrice
- 5   avertissement
- 7   sommaire
- 8   playlist
- 15   Le lion qui sautait d'étoile en étoile
- 27   Yule
- 53   Nos silhouettes sur la pellicule de la vie
- 75   Le loup et le renard
- 101   Goyangeo — ou le chaquin
- 120   remerciements
- 122   ressources
- 124   à propos de l'autrice

playlist

Le lion qui sautait d'étoile en étoile

deezer   spotify

Yule

deezer   spotify

Nos silhouettes sur la pellicule de la vie

deezer   spotify

Le loup et le renard

deezer spotify

Goyangeo — ou le chaquin

deezer spotify

À toi, maman qui aime tant Noël.

À Aimie qui attend chaque année cette magie.

Et à tous ceux pour qui les fêtes de fin d'année sont synonymes de souffrance et de solitude.

L'Étreinte de la Neige & la Promesse du Crocus

Camille Baclet

Le lion qui sautait d'étoile en étoile

Le lion qui sautait d'étoile en étoile

TW — déréalisation, dépression

Marilyn pleurait. Elle pleurait depuis quoi, vingt minutes? Trente? Une heure? Trois? Ou bien plus? Elle ne savait plus, elle avait perdu la notion du temps. Les seules choses dont elle était certaine étaient que ses yeux brûlaient, que son nez n'arrêtait pas de couler, que le poids sur ses épaules et dans sa poitrine ne s'était pas envolé. Depuis quand allait-elle aussi mal? Était-ce depuis la rentrée scolaire? Ou depuis cet été lorsque tout le monde était parti à l'autre bout de la Terre? Elle était restée là, à travailler pour gagner un maigre salaire si vite dilapidé.

Marilyn avait beau connaître l'âpreté de la vie, sa cruauté, sa rigueur, prendre conscience de cela en tant que jeune étudiante était incomparable. Pourtant, elle s'était dit que cette année ne serait pas pareille, qu'elle avait enfin pris le rythme de la faculté. Maintenant, elle avait sa petite routine: réveil, café, tenue, maquillage, podcast dans les oreilles dans le bus, les cours, la cafèt', la BU, puis le soir encore du travail, un peu de détente avec sa coloc Diane en préparant le repas, la douche en rechignant, puis essayer de trouver le sommeil en ignorant l'algorithme d'Instagram. Oui, Marilyn pensait que ça irait cette année. Elle s'était préparée.

Sauf que Marilyn portait le poids de ses problèmes. En plus de vouloir maintenir sa moyenne pour obtenir le master de ses rêves, avec tout le stress qui s'ensuivait, les difficultés s'accumulaient.

Sa relation avec son père se dégradait d'année en année. Quand elle en parlait, les gens acquiesçaient, mais dès qu'ils rencontraient l'homme en question, de nombreuses phrases fusaient telles que : « Tu as de la chance d'avoir un père comme ça. » ; « Ton papa a l'air sympathique, il a une bonne bouille. » ; « Wow ! Trop stylé, le métier de ton père ! Il a trop de classe ! » ; « Il est trop gentil, ton papa, et hyper drôle. » ; « J'aimerais avoir un père comme ça. »

Marilyn pouvait affirmer que non, iels n'en rêveraient pas si iels vivaient avec lui, sous le même toit ; iels ne subissaient pas ses sautes d'humeur, ses cris, ses remarques désobligeantes, son sarcasme, ses claques. Non. Iels ne savaient pas.

Depuis toute petite, c'était la même rengaine : il était infect avec Marilyn, la rabaissant, invalidant ses émotions ; sa mère se disputait avec lui, pleurait et criait ; il finissait par monter, s'excuser, faire un câlin, et tout rentrait dans l'ordre jusqu'à la crise suivante.

Il n'avait jamais su respecter ses limites.

En plus de faire le deuil de sa relation avec son père, celle qu'elle n'avait jamais eue et qu'elle n'aurait sans doute jamais, elle devait également faire le deuil de sa relation avec son ex-petite copine, Zélie.

Zélie aussi portait le fardeau de ses troubles, bien que non diagnostiqués. Marilyn l'avait ressenti dès le début. Zélie avait cru qu'elles pourraient construire une relation malgré leurs dépressions respectives. Mais la vie les avait rattrapées, les frappant de plein fouet et les clouant au sol.

Zélie n'avait pas la force de maintenir une relation alors qu'elle était déjà submergée par sa propre souffrance. Bien que Marilyn le comprenne désormais, à l'époque, elle s'était sentie abandonnée et trahie. Même si elle allait mieux aujourd'hui, la plaie béante qui suintait témoignait que la guérison n'était pas si simple.

Cela ne s'arrêtait pas là, puisque Marilyn portait aussi le poids des problèmes de tous ses ami·e·s.

Diane — sa première meilleure amie — était tombée amoureuse de sa nouvelle camarade de fac, Iris. Un soir, un peu trop bourrée, Diane l'avait embrassée. Mais le lendemain, Iris l'avait ignorée, elle s'était installée à la table la plus éloignée du réfectoire, mettant le plus de distance entre elles. Le doute l'avait alors envahie. C'était pourtant réciproque, car il s'était passé quelque chose entre elles, non ? Tous ces regards, ces mots, ces caresses, ce n'était pas anodin, non ? Ou bien, elle avait tout inventé ? Toutes ces pensées, Diane avait fini par les vomir sur Marilyn un soir, elle avait explosé, des mois après l'incident. Car sa meilleure amie avait toujours été comme ça, à tout refouler, le moindre problème, même sa propre orientation sexuelle. Diane était plus du genre à répondre des semaines après ou pas du tout, à des messages, même les plus simples, que d'avoir la boule en travers de la gorge. Elle avait pleuré toute la nuit, demandant à Marilyn si elle avait le droit d'être elle-même.

L'ex de Judith, qui l'avait éloignée d'elles, l'isolant de tous ses proches. Petit à petit, le sourire de la deuxième meilleure amie de Marilyn s'était fané, réduit en poussière par les remarques désobligeantes de cet homme. Elle ne venait plus le jeudi soir dormir à la colocation, fuyait les sorties entre copain·e·s, ainsi que les bancs de la fac. C'était simple, Judith avait disparu. Et même quand cette dernière était présente, elle n'était plus qu'un spectre, l'ombre d'elle-même.

Marilyn et ses ami·e·s avaient pu souffler lors de la rupture, Judith était revenue petit à petit à l'appartement, puis en cours, mais sortir lui était toujours difficile, pour ne pas dire impossible. La peur de le croiser restait omniprésente. Elle le lui avait confié un soir, où Diane n'était pas à l'appart. Cette soirée rien que toutes les deux lui avaient fait un bien fou, et même si leurs deux séparations ne se ressemblaient en rien, le sentiment de compréhension et de soutien était bien là. Elles avaient passé plusieurs heures à regarder les derniers clips sortis de leurs groupes préférés en mangeant des cochonneries et s'enfilant quelques bières.

Gérer les cœurs brisés de ses ami·e·s avait été bien plus épuisant émotionnellement et physiquement qu'on ne pourrait le croire.

Dès la création de leur groupe, Marilyn avait naturellement pris le rôle de leader, la maman du groupe, celle qui prenait les responsabilités, alors qu'elle-même enchaînait crises d'angoisse sur crises d'angoisse. Enfermée dans sa chambre depuis un moment, elle n'avait pas vu les heures défiler. De toute façon, Diane dormait depuis un moment et heureusement. Elle refusait de lui montrer à quel point elle allait mal. Bien sûr, Judith, Ariane et elle étaient au courant de son état. Son psy avait posé le diagnostic : Marilyn était dépressive. L'annonce avait jeté un froid glacial.

À quel moment la situation leur avait-elle échappé ? Elles ne le savaient pas, non, Marilyn ne le savait pas.

Elle qui pourtant aimait ça : contrôler. Tout contrôler, en commençant par sa propre vie. Elle perdait pied, avec l'impression de tomber en chute libre infinie. Un jour, se crasherait-elle ? Sûrement. Aurait-elle la force de se relever ? Moins sûr… Pourtant, il le fallait, il fallait qu'elle attrape les parois glissantes, coupantes de ce trou profond dans lequel elle s'était engouffrée sans s'en apercevoir.

La nuit passa vite, *si vite*. Le temps n'avait plus aucun sens pour Marilyn. Pourquoi dormir ? Pourquoi manger ? Pourquoi se laver ? À quoi tout cela servait-il, si plus rien n'avait de sens, plus rien n'avait de goût, plus rien n'avait de joie ?

Marilyn n'avait plus envie de lutter, de se battre. Elle voulait juste se laisser glisser contre l'une des parois du trou et y rester. Toute sa vie s'il le fallait. Alors, au petit matin, quand elle entendit la porte claquer lorsque Diane partit pour la fac, Marilyn ne s'attendait pas à ce qu'une sonnerie la coupe dans son cercle vicieux. Elle qui ruminait depuis quand? Depuis quoi? Diane avait-elle oublié quelque chose? Le TP était-il annulé? Est-ce que c'était Judith qui venait la voir? Non... Elle avait cours. Mais alors, qui était-ce? Marilyn voulait juste sécher la fac toute la journée. Elle voulait juste oublier. Oublier à quel point c'était dur de trouver la moindre chose positive. La sonnerie et les coups à la porte continuèrent. «Rentrez chez vous!», avait-elle envie de crier. Puis, voyant que ça ne s'arrêterait pas, Marilyn se leva, lentement, avec difficulté, comme si même le fait de soulever son propre corps était devenu une corvée. Elle descendit les marches, une par une. Une fois en bas de l'escalier de bois, dans son peignoir, pas coiffée, pas maquillée, et pas lavée depuis plusieurs jours, Marilyn alla ouvrir.

— Sélène?

En face d'elle se trouvait son amie, une fille qu'elle avait rencontrée sur internet, comme ça, sur un forum d'écriture de musique. Sélène et elle avaient de nombreux goûts en commun, elles adoraient composer, écrire, imaginer des mondes et faire passer des messages à travers leurs musiques. Mais surtout, plus que tout, Marilyn était tombée amoureuse de la voix de Sélène. La puissance, à faire trembler tous les murs d'un immeuble, et sa façon de chanter par le nez, étaient les deux charmes principaux de Sélène. Son cœur fondait toujours en l'entendant. Elle savait que Sélène était admirative de sa force mentale, de son implication, de sa façon de rapper si précise, comme si elle disséquait le cerveau de cette société malade. Sélène disait toujours qu'elle était impressionnée par Marilyn, qui s'occupait de ses am·e·s plus que d'elle-même, Marilyn qui était cultivée, qui ne lâchait rien, Marilyn qui faisait toujours des blagues drôles, oui même ses fameux «prout» qu'elle sortait à tout va. C'était ce qu'elle lui avait dit maintes et maintes fois, même si elle avait du mal à y croire.

— Qu'est-ce que tu fais là ?

Sa lionne sortit son téléphone de sa poche et montra leur conversation :

Ça va pas trop...

Pas du tout en fait

Les larmes perlèrent naturellement au coin des yeux sombres de Marilyn.

— T'as fait tout ce chemin pour moi ?

— Oui ma lionne. Arrête de sauter d'étoile en étoile pour moi, je suis là.

Sélène avait vraiment fait ça ? Elle avait vraiment pris des billets de train ou sa voiture et s'était tapé toutes ces heures de route juste pour venir la voir ?

— Lé... Lénée...

De grosses larmes roulèrent sur ses joues rouges. Peut-être que d'habitude, Sélène se reposait sur elle, peut-être que Sélène avait eu besoin d'elle un an auparavant. Aujourd'hui, c'était Marilyn qui avait besoin de son aînée, de ses conseils, de son soutien, de son expérience, de son amour.

— Je suis là. Je suis là, répéta Sélène.

Elle caressait avec douceur les cheveux violet délavé de son amie tout en chuchotant des mots doux. Elle méritait tout l'amour du monde. Et même si elle voulait lui dire que tout irait bien, elle ne voulait pas mentir et elle savait que Marilyn ne la croirait pas, elle aussi était passée par là. Sélène aurait préféré que Marilyn ne connaisse jamais cette souffrance, et aurait préféré ne jamais la connaître non plus, mais aujourd'hui, elle lui servait pour prendre soin de Marilyn.

— Allez, prends une douche et habille-toi, on sort.

Malgré le poids que portait Marilyn sur ses épaules, et son absence de goût de vivre, elle s'était brièvement débarbouillée, avait vaguement rincé son visage, et mis du déo. Après, elle enfila un pull et un jean à pattes d'eph'. Pour finir, elle enfila ses fidèles Dr Martens, ainsi qu'un gros manteau noir, et sortit avec Sélène. À peine avaient-elles passé la grande porte en bois lourde de l'immeuble que Sélène attrapa la main de Marilyn, entremêla leurs doigts et glissa leurs deux mains dans la grande poche de son manteau couleur crème. Sélène sourit à Marilyn quand cette dernière tourna son visage vers elle, un peu perdue et émue.

— Alors, au programme: musée d'art contemporain ce matin; ce midi restaurant et c'est moi qui paye, pas de négociation possible.

Marilyn leva les yeux au ciel et soupira, mais elle savait qu'elle ne pourrait la faire changer d'avis. Elles étaient sûrement aussi fauchées l'une que l'autre, mais Sélène avait la chance d'avoir un salaire régulier, alors Marilyn accepta sans broncher.

— Cette après-midi, on va voir un film japonais au cinéma indépendant de la ville, en VOSTFR bien sûr. Et quand on rentre, on passe au supermarché, on achète de quoi faire un bon repas végan que je cuisinerai pour Diane et toi. Si tu n'es pas trop mal, Judith passera et on appellera Ariane en FaceTime. En attendant que Diane finisse les cours, on se fera une session écriture, composition comme à l'époque, juste toi et moi.

Les yeux de Sélène brillaient de fierté à travers sa frange brune qu'elle aurait dû couper depuis plusieurs semaines. Elle y avait pensé, à son programme parfait. Celui qui remonterait à coup sûr le moral de Marilyn. Bien sûr, il en faudrait bien plus pour soigner la dépression de Marilyn, mais elle espérait lui donner de l'énergie, de la force et de l'amour pour qu'elle essaye, ou veuille essayer de se battre. En tout cas, elle ne serait plus seule. Elle ne l'avait jamais été. Même si Marilyn avait tendance à prendre le rôle de maman du groupe, elle pouvait compter sur Diane, Judith, Ariane et Sélène. Elles seraient là pour elle, tenant la corde, et l'aideraient à remonter petit à petit en tête, escaladant ce trou aux parois peut-être glissantes, peut-être coupantes, mais pas insurmontables. En haut, tout en haut, à la surface, des mains tendues l'attendaient prêtes à la soulever, la ramener là où elle pourrait être heureuse, si elle souhaitait dire *non* et surtout se dire *oui* à elle-même. Car même dans le plus profond des caniveaux, les étoiles brilleront toujours dans le ciel, et peut-être que vous aussi vous aurez un lion qui sautera d'étoile en étoile pour veiller sur vous. Marilyn avait été cette lionne pour Sélène. Aujourd'hui, Sélène prenait le relais.

Tu peux compter sur moi.

— Je t'aime Lénée.

— Je t'aime aussi Lyn.

Elles prirent le chemin du musée, main dans la main, dans la poche du manteau de Sélène, où le froid de novembre ne pouvait les atteindre. Bientôt, les crocus fleuriront même dans la neige la plus froide et blanche d'hiver. Alors, gardons espoir et un regard pur sur le ciel étoilé.

Yule

Yule

TW — deuil (très léger)

Les couleurs de Yule avaient envahi la maison de Marthe. Des bougies vertes, rouges, or, argent et blanches éclairaient l'entièreté du salon. Du lierre et du houx décoraient la cheminée qui crépitait au centre de la pièce. À chaque coin de la bâtisse émanait une fragrance de coton frais, d'amande et de citron. C'était la période de l'année idéale pour ranger, trier et purifier. Jeanne avait ri en entreprenant toutes ces tâches, cela lui rappelait son emménagement à Luménirec avec la rénovation de la demeure de l'octogénaire. Cette petite ville, près de l'océan Atlantique, à moitié perchée sur les falaises de schiste, avait été son salut. Malgré l'âge avancé de Marthe, Louise et elles s'étaient occupées de leurs bibliothèques, ainsi que de leurs vêtements, ce qui leur permit de donner ce qu'elles ne voulaient plus et de faire plaisir à d'autres dans le besoin. Yule restait avant tout une célébration qui tournait autour du partage et de la bienveillance.

Pour l'occasion, la maison de Marthe avait été transformée jusqu'aux moindres détails, comme les petits bols de gruau laissés dans la vieille buanderie en bois ou encore dans la pièce de pratique de Marthe. Ils avaient été posés ici et là en guise de remerciement pour la protection que les tomtes ou lutins leur offraient. Elles n'auraient pas voulu qu'ils se vexent et prendre le risque de ne plus retrouver leurs clefs le lendemain.

En ce jour de solstice d'hiver, les trois femmes s'étaient levées à l'aube pour saluer le soleil et lui rendre hommage. Puisque c'était la journée la plus courte de l'année, le réveil n'avait pas été trop difficile, l'astre solaire ne pointant qu'aux alentours de neuf heures du matin. Marthe avait offert ses prières au dieu Cornu, plus connu sous le nom de Cernunnos, à l'apparence d'un cerf qui symbolise le renouveau et les cycles naturels, comme celui qui s'achevait aujourd'hui. Louise, quant à elle, avait honoré Ull, le dieu de la chasse et de l'hiver, en lui demandant protection avec son célèbre bouclier. Pendant ce temps, dans leur chambre, Jeanne s'était tournée vers le panthéon qu'elle avait façonné de toutes pièces.

La journée avait filé à toute allure. Les trois femmes s'affairaient en cuisine, où l'agitation battait son plein. De doux effluves de cannelle, de chocolat, d'orange et de kiwi embaumaient la pièce, créant une atmosphère chaleureuse. Comme elles allaient passer le plus clair de leur temps dans cette pièce, elles n'avaient rien laissé au hasard, bien au contraire. Tout avait fini par briller avec un peu d'huile de coude et une bonne crème à récurer à base de savon noir, d'argile blanche et de plantes. Dans la même optique que pour leurs affaires personnelles, elles trièrent les conserves et produits secs dont elles ne se servaient pas. Le reste avait fini soit au compostage, soit bien astiqué et rangé dans les nombreux placards en bois de la cuisine.

Une fois la maison parfaitement en ordre et nettoyée, les trois sorcières en avaient profité pour purifier l'espace. Munies de leurs bâtons de fumigation de pin ou de genévrier, elles s'étaient d'abord attelées aux pièces du second étage, allant dans le sens contraire des aiguilles d'une montre, pour finir par la porte d'entrée. En procédant de cette manière, elles avaient invité à partir toutes les mauvaises énergies, les miasmes et les mauvais esprits qui s'étaient installés ces derniers mois.

Derrière les fourneaux, elles préparèrent le dîner. Pendant que Louise s'occupait de dresser les différentes entrées avec les poissons frais qu'elles étaient allées acheter à la ville portuaire la plus proche, Jeanne tartinait de généreux morceaux de pain avec du beurre salé pour accompagner les viandes séchées. Avec celles-ci, elles pourraient ainsi profiter de toutes les saveurs du tartare d'églefin, des flans de limande à l'estragon et des rillettes de porc du Mans. Sans oublier les saveurs du gras et du fumé du breizhsaola[1], de la poitrine et du jambon, ainsi que du breizhi[1]. Le tout avait été accompagné d'une copieuse salade saupoudrée d'une bonne dose de gomasio[2].

Marthe, quant à elle, préparait les boulettes de viande suédoises selon la recette de Doris, la maman de Louise. Sur le plan de travail, de nombreux produits comme de la viande de porc et de bœuf hachée, des oignons, des œufs, de la chapelure, du lait, des piments, de l'eau, un cube de bouillon de bœuf, de la crème et de la farine, n'attendaient plus que le coup de couteau de la sorcière.

Dans le réfrigérateur reposaient quelques verrines de *risgrynsgröt*, une spécialité suédoise — un mélange entre un riz au lait et un porridge à la cannelle. Louise les tannait avec depuis des semaines. Cela lui rappelait celui d'Elin, sa grand-mère. Marthe trouva que c'était une jolie façon de lui rendre hommage. Elle avait fini par céder, un petit air malicieux sur le visage, tout en caressant l'obsidienne, si précieuse à ses yeux, à son cou.

Elles dégusteraient aussi une part de la délicieuse bûche qu'avait confectionnée Marthe. La pâtisserie reposait depuis

---

[1] breizhsaola et breizhi : charcuteries bretonnes
[2] gomasio : un condiment composé d'un mélange de sésame grillé et de sel marin.

la veille dans le réfrigérateur. Depuis qu'elle l'avait vue, Jeanne salivait à l'avance, de sentir contre son palais le sablé aux noisettes, la gelée à l'orange, la mousse au citron vert et au kiwi, ainsi que la coque en chocolat qui la recouvrait. Marthe était un véritable cordon bleu et toutes ces saveurs ne pourraient qu'être explosives.

La sonnerie du téléphone fixe retentit dans la demeure, les coupant dans leurs préparatifs. Cela amusa Jeanne, la mélodie lui rappelait toujours celle d'un cabinet médical. Un sourire illumina le visage de Marthe lorsqu'elle décrocha.

— Ronan! Joyeux Yule!

Jeanne et Louise continuèrent l'élaboration du souper, durant l'appel. De temps à autre, elles entendaient la vieille dame rire aux blagues de Ronan, ou bien donner des nouvelles de chacune d'elles.

Au bout d'un certain temps, Marthe pénétra dans la cuisine et tendit le téléphone fixe à Jeanne.

— C'est Malo au bout du fil. Il veut te parler. Ronan avait fini, expliqua l'octogénaire.

— Oh. Merci!

Jeanne plaça le combiné contre son oreille.

— Allô?

— Oui c'est Malo! Je voulais absolument te souhaiter un joyeux Yule! Je l'avais marqué sur mon calendrier, car j'étais sûr que mon papa s'emmêlerait les pinceaux sur les dates, vu que c'est avant Noël.

Elle pouffa.

— C'est vrai que c'est du Ronan tout craché.

— Oui, je trouve aussi, approuva Malo.

— Merci de me l'avoir souhaité. Cette année tu vas chez ta mère pour fêter Noël?

— C'est ça! Et tant mieux, car je crois que mon père voulait fêter tranquillement le sien avec la mère d'Aela. Depuis qu'ils se sont mis ensemble, ils ne se lâchent plus, s'esclaffa le garçon.

— C'est trop mignon.

Un sourire se dessina sur le visage de Jeanne. Une expression faciale qui ne lui était plus inconnue désormais, bien au contraire. D'autant plus lorsque l'on parlait d'amour, et spécialement s'il était naissant.

— Ça va toi? Pas trop durs les partiels? demanda-t-elle.

— Ça va. Ils les ont séparés en deux. Beaucoup se plaignent, mais au final, je crois que je préfère. Ça me laisse du temps pour réviser ceux qui seront à la rentrée.

— Hum! Je comprends. Je crois que j'aurais préféré aussi.

— Oui, alors que Louise, elle, aurait préféré tout faire d'un coup.

Jeanne pouffa à nouveau avant de regarder sa petite amie. Son cœur s'accéléra. Elle était si belle dans cette robe prune en velours. Elle avait remonté ses cheveux roux en un grand et soigneux chignon. Louise y avait sûrement passé des heures.

— Et toi? J'ai vu que ta nouvelle BD avançait.

Les émotions de la brune changèrent du tout au tout. Elle se mit à sautiller sur place pour laisser l'enfant en elle ressortir.

— Oui! Je viens de finir une planche! Je suis presque à la moitié! Je suis trop trop trop contente!

Un rire étranglé retentit dans le combiné alors que Malo semblait sur le point de s'étouffer avec sa salive.

— Je suis content et fier de toi.

— Merci, bredouilla-t-elle.

— Bon, je vais te laisser profiter de Yule! Passe une très belle soirée!

— Merci, toi aussi.

— Et avant de te laisser : blague ! Quel est le comble pour une sorcière ?

— Je ne sais pas ? souffla-t-elle du nez.

— Voyons ! Tu devrais, tu es quand même une sorcière, la charria-t-il. Oublier sa baguette chez le boulanger ! s'exclama-t-il, avant de raccrocher.

Jeanne éclata de rire. Son humour et ses petites références geek bien à lui faisaient partie des choses qu'elle préférait chez son ami.

Quand elle revint dans la cuisine, les deux femmes avaient presque terminé de préparer le repas. Sur le pas de la porte, Jeanne observa celles, encore en vie sur cette terre, qu'elle aimait le plus.

Marthe portait ses lunettes et avait rentré son obsidienne sous son chemisier, de peur de la tacher ou de la casser. Jeanne savait à quel point elle y tenait. À chaque fois que la sorcière la touchait, elle avait l'impression qu'Elin était là, avec elle, son grand amour perdu.

Elin lui avait offert ce collier un peu avant sa mort. Comme si elle l'avait prédit, lui avait expliqué un jour Marthe. Quand elle le lui avait donné, Elin lui avait dit que la pierre effacerait toutes les larmes en elle, et qu'elle lui permettrait d'accueillir toute la lumière du monde.

Parfois, la vie ne se déroule pas comme on le souhaiterait, mais ce n'est pas pour autant qu'il faut perdre espoir.

Aujourd'hui, Jeanne en était parfaitement consciente.

Elle avait pleuré de joie en signant les papiers après des mois de souffrances dues à l'administration française et au tribunal judiciaire.

Les procédures avaient été longues — et encore, c'était un euphémisme — entre l'enquête sociale menée pour évaluer les conditions de vie de Marthe, sa motivation pour adopter

Jeanne et la nature de leur relation, l'audition devant le juge durant laquelle elles avaient expliqué leur situation et leurs motivations et les difficultés qu'elles avaient rencontrées particulièrement à cause de l'âge de Marthe.

Bien que la loi ne fixe pas de limite maximum, les quatre-vingt-quatre ans de la sorcière rentraient en conflit avec la stabilité future de Jeanne, notamment à cause de la santé de l'octogénaire qui pourrait se dégrader dans le temps. Des bilans médicaux et financiers avaient été effectués pour calmer les inquiétudes du juge. Ce dernier et les enquêteurs devaient être convaincus que l'adoption était dans l'intérêt de Jeanne et non motivés par des raisons financières ou autres considérations inappropriées.

Heureusement, les nombreux documents solides montrant l'évolution de la relation, y compris les témoignages de Ronan, Malo, Aela, Louise, leurs parents, et d'autres personnes de Luménirec, avaient contribué à faire pencher le juge en leur faveur.

Une caresse contre sa main l'arrêta dans sa contemplation de la femme qui l'avait adoptée. Jeanne sourit à sa petite amie, qui avait saisi son trouble, et posa sa tête au creux de son cou, respirant son parfum de fraise et de camomille qu'elle aimait tant.

— Merci, chuchota-t-elle.

Louise serra sa main.

Jeanne, Louise et Marthe s'installèrent dans la salle à manger, s'apprêtant à déguster leur souper digne des plus grands rois.

À travers la fenêtre pleine de buée, elles pouvaient observer un chêne, symbole de lumière, décoré de nombreux agrumes séchés coupés en tranches, ainsi que des julbock, boucs faits de pailles liés au dieu Thor. Des bâtons de cannelle noués, des pommes taillées en étoiles, des baies de laurier et des baies de canneberge égayaient aussi le tout. En son sommet était accrochée une magnifique étoile tressée en brins de blé, rappel du soleil d'été. Bientôt, les jours s'allongeraient, apportant lumière et force.

C'était la mort.

C'était la renaissance.

Quelques jours plus tôt, Marthe, Louise et Jeanne s'étaient promenées en forêt pour leur cueillette traditionnelle en vue des célébrations de Yule. Elles avaient ramassé du genévrier, du pin, des baies de sorbier et des pommes de pin pour la décoration de l'arbre de Noël et de leurs autels respectifs. Les trois femmes avaient beau avoir chacune des pratiques différentes, la Nature les réunissait.

Elles avaient aussi attaché au chêne des souhaits pour la suite de cycle. Elles entraient dans la phase de libération, la fin d'hiver qui ouvrirait le champ des possibles et pourrait permettre la réalisation des événements qu'elles désiraient profondément.

Malgré ses branches dénudées d'une grande partie de sa parure, le chêne imposait son charisme tant par sa hauteur que par sa largeur. Le lichen et le lierre l'entourant détonnaient parmi les autres arbres du domaine. Il présidait en doyen au sein du jardin de Marthe.

Dans la joie et la bonne humeur, elles dégustèrent les différents mets qu'elles avaient préparés au cours de la journée. S'il y avait des restes, elles les partageraient avec leurs voisins en contrebas, les Johansson, ainsi que les associations auxquelles elles avaient donné.

Quand les trois femmes eurent fini leur repas festif, elles se dirigèrent vers le salon. Louise s'approcha de la cheminée, vérifiant que la bûche ne s'était pas éteinte. Les trois sorcières devaient veiller sur elle le plus longtemps possible, pour prolonger l'effet du sort qu'elles avaient lancé.

Avec l'aide d'un ami de Ronan, garde forestier, elles avaient pu récupérer la bûche de Yule. Il avait abattu un arbre destiné à mourir, qui laissa sa place, offrant une meilleure luminosité pour les petits hêtres qui poussaient déjà à ses pieds. La signification spirituelle du bois de hêtre n'était pas anodine, sa symbolique liée à la confiance, la patience, la douceur, la joie et la féminité et son association à la Déesse mère, symbole de la connaissance féminine, était tout ce que recherchaient les trois femmes pour se reconnecter avec leur moi-féminin dans cette ambiance sororale. D'autant plus avec sa combustion lente qui prodiguait de bien meilleurs résultats lors d'un lancer de sort.

Avant de l'allumer, elles l'avaient soigneusement nettoyée et bénie, puis l'avaient aspergée d'une eau chargée de magie solaire, de cidre, ainsi que de sel. Elles avaient aussi pris le temps de la décorer avec des feuillages de saison, comme du houx, du lichen, du lierre, du pin maritime, du laurier-cerise et du cyprès. Enfin, elles avaient gravé des sigils symbolisant leurs souhaits pour la saison lumineuse, dans la continuité de la nouvelle année sorcière célébrée la nuit du 31 octobre. Lorsque les restes du feu ne seraient plus que cendres, Louise, Marthe et Jeanne les conserveraient pour allumer la bûche de l'année suivante.

Un doux ronronnement interrompit les chants de Noël que diffusait la platine de Marthe. C'était Freyja, la chatte bleu-gris que Louise avait recueillie quelques mois auparavant. Bien que sauvage et craintive au début, elle et Louise avaient progressivement tissé un lien profond et fusionnel. Les craintes de Freyja, héritées d'une vie de maltraitance, lui avaient coûté une patte arrière. Ce qui ne la handicapait pas pour autant, la chatte d'un certain âge avait trouvé des techniques bien à elle pour sauter sur les hauts murets de la propriété. Jeanne prenait plaisir à jouer avec elle, car Freyja avait conservé toute son espièglerie de chaton. Mais ce que préférait la brune par-dessus tout, c'était quand elle venait se coller à Louise et elle le soir dans leur lit.

Leur lit...

Oui, leur lit.

Aujourd'hui, Louise avait — pratiquement — emménagé chez Marthe depuis quelques mois de cela, puisqu'elle passait plus de temps chez l'octogénaire que chez ses parents. Malgré sa vie commune avec Jeanne, ici, elle prenait très au sérieux son apprentissage auprès de son père pour reprendre le coven, ainsi que ses études de vétérinaire. Jeanne admirait la détermination de la rousse. Finies ses balades au petit matin, et ses escapades en forêt bien après le crépuscule. La jeune femme s'était fabriqué une routine bien huilée, entre l'étude de ses cours, et celle des Sagas et des Eddas, ces textes qui faisaient références aux rituels et mythes nordiques de ses ancêtres.

Jeanne quant à elle était en pleine discussion avec une maison d'édition pour sa BD. Elle avait quand même passé ces trois dernières années à réaliser cette dernière, passant par l'écriture du scénario, le *chara-design* de l'univers, des personnages, des décors, de la faune et la flore, la réalisation du *story-board*, le crayonné préparatoire, puis le *line*, avant d'entamer la colorisation de chaque case. Un travail titanesque qui méritait un salaire à la hauteur. Malheureusement, l'industrie du Livre, notamment de la bande dessinée, était très précaire et les rémunérations extrêmement basses. Si Jeanne n'arrivait pas à obtenir gain de cause, elle finirait par lancer une campagne Ulule pour auto-éditer son histoire. Elle n'avait plus peur, maintenant.

Jeanne savait que Marthe l'avait vue évoluer, s'épanouir à Luménirec, en tant que femme, artiste et sorcière. Au fil des années, elle avait pu construire sa propre pratique autour de la chaos magick[3], se créant un panthéon entier. Elle utilisait

---

[3] chaos magick : La Chaos Magick est une forme moderne de rituel et de magie qui repose sur la flexibilité et l'adaptabilité des croyances et des pratiques. Les pratiquants utilisent des états de conscience modifiés, appelés « gnose », qui peuvent être atteints par diverses méthodes comme la méditation, le chant, la danse, l'utilisation de substances, la douleur ou l'orgasme. Ce qui distingue la Chaos Magick, c'est la liberté de créer et de façonner son propre panthéon, en priant n'importe quelle divinité ou figure symbolique, ou même en choisissant de ne prier aucune. La pratique est entièrement modulable, permettant à chaque pratiquant de l'adapter selon ce qui résonne en eux et ce qui est efficace pour eux.

la mythologie Pokémon, mettant les noms de ces derniers sur des concepts et des énergies générales.

Aujourd'hui, Xerneas et Celebi étaient mis à l'honneur. Le premier, associé à la vitalité, la régénération et la nature, reflétaient les thèmes centraux de Yule, comme le renouveau et la célébration de la vie. La capacité à Celebi, le gardien des forêts et le maître du temps, à voyager à travers les époques, ainsi que son association avec la nature et la renaissance, quant à elles, tombaient sous le sens en cette période de retour à la lumière.

Sur son autel, Jeanne avait soigneusement disposé des pierres de schiste, de calcaire, de grès et de quartzite, accompagnées de graines de sarrasin, de lin, d'ajonc, de maïs et de chanvre. Elle y avait également déposé des noix, des dattes, quelques pommes et oranges, ainsi que des plantes telles que la bruyère, les fleurs de millefeuille, le genêt à balais, la kalanchoé de Blossfeld et le camélia du Japon. Une fois son rituel terminé, Jeanne prévoyait de rendre tous ces éléments à la Nature.

Elle avait aussi placé des bougies bleues et vertes pour Celebi et des bougies blanches et dorées pour Xerneas. Des rubans des mêmes couleurs entouraient les bâtons de cires végétales. Jeanne y avait gravé des sigils, notamment les étapes de l'astre solaire au cours de la journée.

Ce matin, lors du rituel avant la préparation du repas, Jeanne avait chanté des musiques de Pokémon, ainsi que ses propres créations, remerciant la Nature de mourir pour renaître, remerciant le soleil de revenir petit à petit dans leurs vies.

Jeanne avait commencé par une méditation guidée, visualisant parfaitement le corps vert pomme et les cheveux en pointe vert sapin de l'esprit. Elle s'était représentée ses antennes à l'extrémité bleue, et ses yeux de la même couleur, rappelant l'océan. Ayant senti l'aura de Celebi, Jeanne avait versé quelques larmes. Sa présence présageait un futur bon et agréable. Elle avait vu le Gardien de la forêt tourner et danser autour du chêne dans le jardin de Marthe. Iel donnerait sa force aux plantes du lieu, ainsi qu'aux campagnes environnantes.

Quand les bois majestueux aux extrémités variées et colorées, allant de l'orange, au rouge et au violet en passant par le bleu, étaient apparus dans le palais mental de Jeanne, elle avait frissonné. La fourrure bleue de Xerneas se recourbait de chaque côté de son buste. Elle semblait si douce que Jeanne voulait la toucher. Ce cerf ou vieil arbre millénaire en imposait par sa prestance.

Il faisait écho à la pratique de Louise par sa référence à l'arbre cosmique Yggdrasil dans lequel vivaient des animaux géants, dont le cerf Eikthyrnir rappelant Xerneas.

Ce dernier était également inspiré par Cernunnos, une divinité gauloise gardienne des forêts représentant le cycle de la vie — comme Celebi — à qui Marthe rendait régulièrement hommage.

Dans son panthéon bien à elle, Jeanne avait tenu à rendre hommage aux femmes l'ayant initiée à ce monde bien singulier et si fermé. La reconnaissance qui coulait dans ses veines depuis les révélations de Marthe et Louise n'avait jamais cessé de jaillir. C'était sa façon de les remercier et de leur transmettre son amour, tout en se réconciliant avec la Jeanne qu'elle avait été enfant.

— Reviens à nous, l'appela Marthe.

Derrière ses lunettes dorées, elle croisa le regard bienveillant de son amie. Elles échangèrent un sourire. Puis Marthe vint déposer avec douceur sa main sur celle de Jeanne. Leurs cœurs battirent à l'unisson, tout comme celui de Louise qui contemplait la scène en retrait.

— Tu viens ouvrir les cadeaux?

Jeanne acquiesça, se relevant pour aller chercher dans sa chambre — qui était devenue *leur chambre* — les présents qu'elle avait confectionnés ces dernières semaines. Louise en fit de même, se dirigeant derrière le grand canapé en velours, et Marthe dans le cagibi du vestibule.

Quand Jeanne fut de retour dans la pièce, quelques paquets et des chaussures avaient été disposés au pied du sapin fait de branches en bois, décoré de la même manière que le chêne qui trônait dans le jardin.

Elle se déchargea des cadeaux, ainsi que de ses mocassins.

— Tes souliers sont bien propres, plaisanta Marthe.

Jeanne regarda ses chaussures et resta pantoise. Avant d'expliquer la phrase de l'octogénaire, Louise lui donna une légère tape sur l'épaule et laissa échapper un rire aussi drôle qu'adorable.

— Nos grands-parents nettoyaient leurs chaussures pour qu'elles brillent le jour de Noël, sinon ils n'avaient pas de cadeaux!

La bouche de Jeanne s'arrondit et laissa passer seulement le son «oh».

— C'est le cas, pouffa-t-elle.

— Bien. Qui ouvre en premier? les questionna Marthe.

— Toi! s'exclamèrent-elles en chœur.

Louise et Jeanne échangèrent un regard complice avant d'exploser de rire. Marthe les regarda tendrement.

— Vous en êtes certaines? insista-t-elle.

Elles hochèrent la tête énergiquement, alors Marthe se résigna tout en rigolant à son tour. Elle se dirigea vers le sapin de bois et saisit un paquet en tissu avec de belles grues dessus, son nom avait été attaché avec de la ficelle autour du nœud du pliage.

Attendrie, Jeanne regardait la scène attentivement.

Lorsque Marthe dénoua le *furoshiki*[4], elle tomba sur un carnet en cuir. En l'ouvrant, elle découvrit qu'il n'était pas vierge, mais rempli de couleurs, de dessins et d'annotations. Ses yeux s'embuèrent.

— Ça te plaît ?

— C'est extraordinaire... s'émut-elle.

— J'ai mis toutes les recettes qu'on a faites ensemble, celles que tu m'as apprises, et celles de mon papa.

— J'apprécie énormément. Merci ma puce.

L'octogénaire vint prendre Jeanne dans ses bras, entourant sa tête pour la poser contre sa poitrine et la bercer. La brune se laissa lover dans l'étreinte. Peu à peu, leurs respirations s'harmonisèrent. À travers son torse, Jeanne écoutait le cœur de son amie.

— Et attends c'est pas fini !

Elle prit deux autres paquets aussi emballés de tissu pour les lui donner.

— Oh, tu n'aurais pas dû ! Voyons ! rouspéta la vieille dame.

— Tu le mérites ! Et bien plus encore !

Délicatement, Marthe ouvrit l'un des cadeaux.

— Mais cela a dû te coûter une petite fortune !

Entre ses mains, un coffret en bois reposait. Marthe avait tout de suite reconnu l'objet en question. Lorsqu'elle ouvrit ce dernier, elle découvrit un kit complet de tubes de peinture Sennelier.

— Tu sais qu'en plus, j'ai un faible pour cette marque ! s'exclama-t-elle.

— Oui, sourit Jeanne. Allez, ouvre le dernier.

---

4 furoshiki : technique japonaise traditionnelle qui consiste à plier et nouer du tissu pour emballer des cadeaux et transporter divers objets du quotidien, tels que des vêtements, des bentōs, des pastèques, et bien d'autres encore.

Elle lui offrit un clin d'œil, ainsi qu'un sourire espiègle bien à elle. En vérité, les ongles de la brune étaient plantés dans ses paumes, et son torse se soulevait à un rythme irrégulier.

Le dernier cadeau n'était pas emballé de la même manière. Marthe déchira le papier kraft, qu'elle mettrait au recyclage, pendant que Jeanne se tortillait sur le canapé.

Comme tant d'autres fois dans la soirée, Louise posa sa main sur sa cuisse. Elle sentait toujours l'anxiété de sa compagne. À leur annulaire brillaient toujours leurs bagues de promesse, celles qu'elles s'étaient échangées dans la salle de bain des Johansson, lors de leur premier bain ensemble, symbole de leur union spirituelle à jamais.

Les épaules de Jeanne s'affaissèrent.

Sous le papier, un motif se dessina, au milieu de la déchirure.

— Non. Tu n'as pas fait ça...

Marthe laissa échapper un sanglot. Naturellement, les larmes de Jeanne montèrent à leur tour. Toute l'émotivité de sa tutrice lui revenait en pleine figure. Elle ressentait tout, trop fort, depuis toujours.

Tous les boûts de papiers kraft gisaient au sol, tandis qu'une toile peinte à l'acrylique leur faisait face. Elles y étaient toutes les trois représentées. Marthe, au second plan, était assise dans son rocking chair sur la terrasse de sa demeure en train de lire.

À côté, Jeanne était installée à la table de la pergola avec tout son matériel : des pots remplis d'eau, des chiffons, une palette de fortune et une petite enceinte disposés autour de la toile qu'elle peignait. Des touches d'ombre et de lumière jouaient sur le corps de Jeanne, créées par le lierre du toit de la pergola, la glycine qui pendait dans le vide, ainsi que les rosiers grimpants, le chèvrefeuille et les clématites.

Plus loin, sous l'ombre d'un magnolia en fleurs, Louise révisait ses cours sur une balancelle; certains manuels et polycopiés étaient éparpillés au sol et maintenus par de gros galets ramassés sur des plages environnantes.

En arrière-plan, le jardin de Marthe se déployait, rempli d'arménie maritime, d'hortensias, de cassiopes, de camélias et de rhododendrons. De petits détails féériques, comme la présence de papillons, d'abeilles, de bourdons et d'autres insectes se détachaient presque imperceptiblement sur la toile. Pour finir, sur les marches du jardinet, Freyja descendait la queue frémissante avec une petite musaraigne dans la gueule.

Jeanne peinait à voir Marthe à travers ses yeux embués. De grosses larmes chaudes coulaient le long de ses joues parsemées de taches de rousseurs, trempant son chemisier noir étoilé. Des gémissements plaintifs s'échappaient de sa bouche, transformant son visage en une grimace hideuse. Elle sentit les bras de son amie la serrer fermement. Les deux femmes refusaient de se séparer, leur étreinte semblait devoir durer une éternité, tout comme l'amour qu'elles se portaient.

Depuis l'irruption de l'octogénaire, la vie de Jeanne avait pris un tournant, elle ne la percevait plus de la même manière. Elles avaient créé une relation de confiance, de complicité et d'amour. Si elle n'avait pas répondu à l'annonce sur ce site d'offres entre particuliers offrant le gîte, le couvert, et un petit salaire en échange d'aide pour rénover sa maison, elle ne serait pas la même personne aujourd'hui. Peut-être qu'elle ne serait pas heureuse, ou alors d'une autre manière. Elle aimait et était fière de la façon dont elle s'était relevée du deuil de ses parents et de son frère. Bien sûr, la peine était toujours là, omniprésente, tout comme leur absence. Après la perte d'êtres aussi chers, de sang, même en avançant, il nous manquerait toujours une partie de nous. Jeanne le savait parfaitement à présent. Mais elle avait accueilli et accepté cette réalité au lieu de lutter contre elle ou de s'y enfermer. Certes, la douleur était toujours présente, mais elle était heureuse, véritablement. Bien sûr, la vie était loin d'être facile, remplie de hauts et de beaucoup de bas, mais rien n'était pareil depuis sa rencontre avec Marthe, Louise, Ronan, Malo, Aela et Sulio. Elle s'était construite un nouveau noyau familial qu'elle aimait de tout son cœur. Ils n'avaient pas remplacé sa famille d'origine, mais l'avaient agrandie avec de belles personnes bienveillantes, profondes, et intéressantes que ses parents et son grand frère auraient sûrement appréciées. Jeanne en était persuadée.

— J'en perds mes mots, mon poussin, s'étrangla Marthe. Tu ne peux pas savoir à quel point cela me touche. Je crois que c'est l'un des plus beaux cadeaux qu'on ait pu me faire, avec son collier.

Elle vint prendre entre ses doigts l'obsidienne, la caressant comme à son habitude et leva la tête au ciel.

— Je suis si reconnaissante qu'elle vous ait mises sur mon chemin, mes chéries.

Louise, qui d'habitude ne pleurait jamais, renifla quelques fois, les larmes aux yeux. Cela fit sourire Jeanne. Elles partageaient un grand moment de leur vie, leur premier Yule à trois. L'ancienne Jeanne, entourée d'ombres, se noyant dans sa perte, n'aurait pas su reconnaître l'instant qu'elles vivaient, car c'était ça, le bonheur.

Bien sûr, déjà fêter Jul avec Louise ou Yule avec Marthe faisait partie de ses plus beaux souvenirs, mais d'être là, et de célébrer cette fête à trois, cela n'avait pas de prix.

— À mon tour! s'exclama Louise qui s'apprêtait à donner ses paquets cadeaux.

À peine avait-elle prononcé ces mots que l'atmosphère de la pièce changea du tout au tout. L'aura de Louise avait toujours ce côté mythique, féerique, presque irréel. Les joues de Jeanne rougirent en l'observant.

Dire que c'est ma petite amie...

Puis, elle observa sous toutes les coutures sa bague et sourit à s'en faire mal aux zygomatiques.

Marthe se redressa, avant de prendre la parole.

— Non, c'est plutôt à toi d'ouvrir maintenant! J'ai besoin de reprendre mon souffle après toutes ces émotions. Et quelque chose me dit que toi non plus, tu ne m'as pas laissée en reste.

Marthe, tout en continuant de râler, s'empressa de récupérer un sachet en kraft où elle avait agrafé le nom de Louise et noué un joli ruban orange comme ses cheveux. Elle lui tendit le paquet de manière brusque, sûrement encore en prise avec ses émotions. Jeanne l'avait remarqué à sa main tremblante et ses yeux toujours embués.

Louise secoua légèrement le paquet, comme si le bruit allait lui dévoiler son contenu. Elle avait toujours son air malicieux et plein de charisme. Même avec les mois et années passés, Louise restait une personne presque mystique sortant d'une légende qu'on se chuchotait tard le soir sous les couvertures à la lueur d'une lampe torche ou au coin du feu dans un fauteuil moelleux.

Après avoir dénoué délicatement le ruban, Louise poussa un petit cri.

— Marthe, voyons, c'était pas nécessaire! Oh là là, tu me gâtes toujours trop!

— Qu'est-ce que c'est? demanda plusieurs fois Jeanne.

Sa jambe tressautait sur le parquet du salon de Marthe.

Du paquet, Louise sortit une tenue complète de randonnée de la marque Columbia.

— Wow! La classe!

— Je serai vraiment bien équipée pour mes promenades matinales, s'esclaffa-t-elle.

Elle étincelait. Jeanne savait parfaitement ce qu'elle pensait à cet instant, Louise était heureuse et reconnaissante qu'on se souvienne de ses passions, mais surtout qu'on les mette en valeur et qu'on la soutienne. C'était quelque chose que Jeanne partageait avec sa partenaire.

— Tiens, mon petit, c'est pour toi aussi.

Marthe tendit à Louise une enveloppe bleue, couleur synonyme de concentration, d'apaisement, de stabilité, de confiance et de vérité. Elle en sortit une lettre imprimée avec un logo dessus. Jeanne la fixa, ne perdant pas une seule miette de ses expressions lorsqu'elle lut lentement à haute voix le cadeau.

— Un abonnement d'un an pour la NVP : Le Nouveau Praticien Vétérinaire.

Louise se leva et sauta dans les bras de l'octogénaire.

— Merci beaucoup ! Ça me touche énormément. J'ai vraiment hâte d'en apprendre plus et de m'améliorer. Je veux que vous soyez fières de moi.

— On l'est déjà, mon étoile, déclara Jeanne.

Elle l'observa avec amour, puis vint les rejoindre dans une étreinte à trois.

— Bon, à ton tour *mormor*[5] !

La rousse partit chercher un paquet plat, assez grand, de la forme d'un carré. Jeanne constata que Louise l'avait copiée avec son emballage de kraft.

— Par contre, *mormor*, je suis désolée, je n'ai qu'un seul cadeau pour toi…

— C'est pas grave mon poussin, ce n'est pas le nombre de présents qui compte, ce n'est pas un concours, mais plutôt l'intention et l'amour que tu y as mis. Et je suis persuadée qu'il y a tout ça.

Louise hocha la tête, les yeux légèrement brillants. Puis, elle lui tendit son cadeau d'un grand geste. Jeanne voyait

[5] mormor : grand-mère maternelle en suédois.

tout le stress qui la possédait à cet instant — elle qui semblait d'habitude si sûre d'elle — avec ses jambes légèrement tremblantes, ou bien la canine enfoncée dans sa lèvre inférieure.

Mais l'inquiétude de Louise fut très vite réduite à néant lorsque Marthe déchira le papier, qui irait rejoindre les autres au sol, avant d'être mis au recyclage.

Les larmes de Marthe reprirent, à la vue du vinyle single de *Swing it, magistern!* d'Alice Babs. C'était l'une des chansons préférées d'Elin. Elle adorait la mettre le soir au coin du feu et danser contre Marthe, les mains posées sur ses hanches, la tête dans son cou. Jeanne avait entendu plusieurs fois cette histoire quand elle était d'humeur nostalgique.

— Je ne sais que dire, bredouilla-t-elle.

Jeanne et Louise échangèrent un regard complice. Leurs cadeaux étaient une réussite. Néanmoins, le but n'était pas de la faire pleurer, alors, elles s'assurèrent qu'elle allait bien.

— Ce n'est pas trop? Je ne voulais pas trop remuer les souvenirs, juste que tu aies un morceau d'elle auprès de toi, expliqua la rousse.

La main à la peau lâche remplie de veines et de taches se posa sur l'épaule de Louise.

— C'est plus que parfait. Ne t'en fais pas, mon petit.

Elle entoura Jeanne aussi de son bras, les rapprochant toutes deux de sa poitrine, pour pouvoir mieux les câliner.

— À mon époque, pour Noël, on recevait seulement une orange et un petit Jésus en sucre! plaisanta l'octogénaire.

Voyant qu'elle avait retrouvé son humour et un grand sourire, les deux jeunes femmes sourirent à leur tour.

— Non, mais je plaisante. Merci beaucoup, les filles. Vous m'avez vraiment gâtée. Cela me touche profondément.

Après avoir ouvert les derniers cadeaux, pour terminer la soirée, Jeanne alla chercher des tisanes que Marthe et elle avaient confectionnées quelques mois plus tôt. Dès qu'elle déposa la théière sur la table basse du salon, une odeur de menthe poivrée, de gingembre, de valériane et de camomille envahit la pièce. Il n'y avait pas meilleur remède pour la digestion et l'endormissement. La menthe poivrée leur apporterait prospérité, réconfort et paix, le gingembre succès et chaleur, la valériane amour, purification, apaisement de l'esprit et rêves paisibles, et pour finir la camomille pour attirer la chance.

Elles dégustèrent leurs eaux chaudes paisiblement, assises dans le canapé en velours, en face de la cheminée qui crépitait, et Freyja qui ronronnait à leurs pieds.

Quand l'heure du coucher se fit ressentir, elles montèrent à l'étage ; Marthe était déjà partie se coucher une bonne heure plus tôt, elle avait à nouveau adressé ses prières au Dieu Cornu avant de se débarbouiller dans sa salle de bain et de se glisser dans ses draps frais. Jeanne la visualisait parfaitement.

Ce même sourire qu'elle avait retrouvé en emménageant à Luménirec se dessina sur le visage de la brune.

En elle, Jeanne avait trouvé une figure maternelle, ni sa mère, ni sa grand-mère, car personne ne pourrait remplacer ses proches morts bien trop tôt... Marthe était venue agrandir son arbre généalogique et illuminer ses jours.

Les deux jeunes femmes se glissèrent à leur tour sous les nombreuses couvertures et plaids qui recouvraient le lit. Freyja, cherchant de la chaleur et voulant être près de ses mamans, sauta sur celui-ci avant de se faufiler sous la couette entre elles. À peine fut-elle installée qu'elle démarra une série intense de ronronnements.

Jeanne regarda Louise passer délicatement sa main dans son pelage bleu-gris. Freyja tourna la tête vers elle, sourit, puis laissa échapper un miaulement. Derrière ses paupières disparurent ses pupilles verticales et ses iris d'un jaune orangé troublant. Elle lâcha un léger soupir avant de s'assoupir.

— Je suis vraiment heureuse, confia la brune.

— Ah oui?

— Oui.

Elles plongèrent dans le regard de l'autre, longuement.

— Avant ma rencontre avec Marthe et toi, je n'aurais jamais pensé revivre un Noël joyeux. Même s'il y a toujours leurs chaises vides, vous êtes là, à table, avec moi, à partager un bon repas. Et pour moi, ça n'a pas de prix, confia Jeanne.

— Je suis contente qu'ici, dans cette ville que j'affectionne tant, tu aies pu trouver l'apaisement et le bonheur. Je te l'avais bien dit : «ta souffrance ne sera pas ton fléau».

— J'en suis consciente aujourd'hui.

Seuls les bruits de leur respiration, les ronronnements de Freyja, et les cris des animaux nocturnes retentissaient dans la pièce. La mélodie les berçait.

— Je suis fière de moi, sourit Jeanne.

— Je suis aussi très fière de toi, mon ondine.

Jeanne vint déposer délicatement ses lèvres contre celles de Louise. Son odeur de camomille et de fraise lui caressa les narines. Elle soupira d'aise. C'était dans les bras de Louise qu'elle se sentait le mieux.

Elle se redressa, s'éloignant de sa petite amie.

— Non, mais vraiment! Je suis fière de ne pas avoir cédé à la noirceur. Et même s'il y a des rechutes, des embûches, je ne me suis plus jamais coupée ou insultée, j'essaye, mieux j'avance, je file dans le ciel avec ou sans aide. Je ne repousse plus la nuée d'oiseaux qui volent avec moi, au contraire, je les laisse me guider à travers les nuages et les tempêtes. Car «le vent se lève...».

— «... il faut tenter de vivre», répondit Louise en chœur avec Jeanne.

— Paul Valéry, *Le Cimetière marin*, s'esclaffa-t-elle.

— Et *Le vent se lève* de Miyazaki. On pourra se le rereregarder ?! s'exclama la rousse.

— Quand tu veux, mon cœur.

Jeanne sourit de toutes ses dents, une larme de bonheur roula le long de sa joue.

— Je suis vraiment heureuse, tu sais ?

— Oui, je sais.

— Je t'aime.

— Moi aussi, je t'aime.

Elles se serrèrent l'une contre l'autre, dans une étreinte qui ne leur appartenait qu'à elles, là au creux des draps, sous une dizaine de plaids. Derrière la buée de la vitre, il neigeait à plein temps. Un épais manteau blanc, lourd et implacable, s'était amassé sur le parterre de la propriété, ensevelissant jusqu'au petit arbuste sous son poids. Pourtant, si Jeanne ou Louise prenaient le temps d'observer plus attentivement ce tumulte, elles apercevaient un crocus, obstiné, qui, malgré l'oppression glaciale, parvenait à percer la neige.

Nos silhouettes sur la pellicule de la vie

Nos silhouettes sur la pellicule de la vie

TW — harcèlement, homophobie, transphobie

Regardant les flocons tomber dans cette ambiance magique de Noël, j'aurais pu être apaisé face à ce spectacle. Sauf que la réalité était tout autre. Mes mains brûlaient, je n'avais pas trouvé mes gants avant de partir. C'était un tel fouillis dans mon appartement, en ce moment, qu'il m'aurait fallu une demi-journée pour les retrouver. J'avais préféré abandonner en voyant l'heure : treize heures cinquante-huit. J'étais parti bien trop tard et avais fini par appeler le premier taxi que j'avais vu. Je m'attendais à le trouver énervé à l'intérieur de son atelier. Pourtant, je n'avais aperçu personne. Ça faisait bien une heure que j'attendais, le pied tapant fermement le tapis blanc qui s'était installé dans les rues de Séoul.

C'était incompréhensible, d'habitude, il était ponctuel. C'était bien quelque chose que j'avais toujours détesté chez lui, son côté trop sérieux, mais il ne dépassait jamais, sur ce point, notre ancien délégué Sungmin. L'atmosphère de fêtes de fin d'année n'aidait pas, j'étais envahi de nostalgie en pensant à mes années lycée. Malgré les années qui avaient filées aussi vite que le sable s'écoulant dans un sablier, il y avait des choses qui ne changeraient jamais comme mon animosité envers Yoon Dong-won. Notamment, dans ce froid glacial insoutenable. Je resserrai les bords de ma veste rembourrée comme je pus.

Ma seule compagnie était la musique passant dans mon casque. Néanmoins, elle ne parvenait pas à faire disparaître ma contrariété ni les souvenirs qui défilaient devant mes yeux. Comme toutes les rumeurs à propos de ma soi-disant différence — parce que j'avais vécu à l'étranger — due à mon style vestimentaire extravagant à la pointe en Malaisie, ou encore à mes premiers freestyles instables et peu recherchés. Même s'il y avait une part de vérité, je n'avais pas totalement digéré son exclusion à mon encontre. Avec son statut social, lancer des rumeurs avait été si facile...

Je ne l'avais pas non plus laissé en reste, comme toutes les fois où je l'avais bousculé subtilement dans les couloirs ou à la cafétéria, renversant son plateau-repas sans qu'aucun pion ne puisse me prendre la main dans le sac.

Il n'y en avait aucun pour rattraper l'autre, entre tous les photosmontages, les GIF, les tweets visés et d'autres vacheries qu'on s'était envoyés à la figure pendant ces trois années de lycée.

Tout ça me restait en travers de la gorge, tandis que la neige continuait à s'amonceler à mes pieds.

C'était moi qui avais fait un effort en acceptant sa proposition, répondant à son SMS sorti de nulle part après autant de temps, *et il était absent*. Je savais que j'aurais dû partir au bout de vingt minutes, sans oublier que j'étais arrivé en retard. Mais peut-être que c'était lui qui avait quitté les lieux sans même prendre la peine de m'attendre. Il n'aurait pas fait ça, si ? Il connaissait pourtant tous mes défauts par cœur puisqu'il s'amusait à me les ressortir régulièrement tout au long de notre scolarité.

Je me décidai à rebrousser chemin pour rentrer chez moi bien au chaud ou au studio retrouver Seok-jin hyung et Yeonwoo hyung, mes deux compères de toujours avec qui je faisais tout. Je formais un groupe de rap avec eux en parallèle de ma carrière solo. Pourtant, quelque chose m'empêcha de retourner sur mes pas, ou plutôt quelqu'un : le fameux concerné. Il arrivait en courant. Ses cheveux blonds décolorés, qui le caractérisaient au lycée, avaient disparu sous un noir très simple. Je fronçai les sourcils. Sa peau était rougie par le froid. Il portait un long manteau beige, des bottines noires et une grande écharpe rouge, ainsi que des gants en cuir.

Le veinard.

Après être arrivé à ma hauteur, tout essoufflé, et avoir récupéré une respiration à peu près normale, il s'expliqua.

— Désolé de mon retard, j'ai eu un imprévu. Et puis, te connaissant, je me suis dit que je ne le serais pas autant que ça, lança-t-il.

Je grimaçai avant de répliquer.

— Un imprévu de plus d'une heure ? le questionnai-je en haussant un sourcil. Tu aurais pu t'occuper de ton plan cul à un autre moment, tu ne crois pas ?

— Ouais, je m'occupais de ton ex.

— Bon courage alors.

Constatant qu'il avait perdu cette joute verbale, il me montra l'entrée de son atelier et avança de sorte que je le suive. Une fois qu'il l'eut déverrouillé, je pénétrai dans son espace créatif, celui qui avait fait décoller sa carrière. Je ne savais pas encore ce qu'on allait y faire, et surtout quel rôle j'avais à jouer dans sa prochaine œuvre. Mais il avait su être convaincant. Enfin... il m'avait surtout harcelé pour que j'accepte, répétant sans arrêt que ça ferait du bien à nos deux réputations de nous voir travailler ensemble.

Prenant enfin le temps de regarder autour de moi, je plongeai dans l'intimité de Dong-won. C'était un vieux hangar industriel entièrement refait, où il y avait encore des murs en tôle, une grande partie du sol était toujours en béton, permettant à mon ancien camarade de peindre sans trop avoir peur de le salir. Il y avait malgré tout plein de bâches un peu partout. Les murs étaient recouverts de photos, de posters, de dessins et autres éléments visuels fournis. Le tout représentait le monde de Dong-won. Il avait posé çà et là des chevalets de différentes tailles. Plus loin, contre un grand mur de bois, se trouvaient deux bureaux dont un en angle et l'autre fait de verre, éclairé par des néons en dessous. Je restai intrigué par ce dernier.

— C'est pour reproduire l'effet d'une table lumineuse. Ça me permet de décalquer sur une surface plate, c'est bien plus pratique que la vieille fenêtre et son scotch. Quand je veux refaire un de mes dessins, je n'ai pas à recréer en entier le croquis, je peux reconstruire les bases et reprendre là où je m'étais trompé, expliqua-t-il, ayant sans doute capté mon regard interrogatif.

— Hum, je vois, fis-je tout en adoptant une attitude je-m'en-foutiste.

En réalité, tout ce qui touchait à l'art m'intriguait et me fascinait. Je ne l'avais jamais avoué, mais j'avais toujours été captivé par les travaux d'arts plastiques de Dong-won au lycée. Quand il ne restait plus personne dans la salle de cours, il m'arrivait de prendre le temps d'en décortiquer le sens. Ce que j'y voyais m'avait toujours laissé perplexe. D'un côté, j'étais impressionné par la finesse de son coup de crayon, les proportions parfaitement rendues, l'émotion qui se dégageait de l'œuvre, la contradiction entre les couleurs complémentaires et les sujets traités toujours d'une tristesse et d'un macabre infinis, et de l'autre, je ne comprenais pas comment il décrochait toujours les meilleures notes avec ça. C'en était rageant.

— Bon, je ne vais pas te faire perdre plus ton temps. On va pouvoir s'y mettre.

J'acquiesçai et me rapprochai de Dong-won qui s'affairait à sortir une multitude d'objets en tout genre du coffre en bois.

— D'ailleurs, j'ai dit oui... mais je ne sais toujours pas en quoi consiste ta performance.

— Ça parle de l'animosité et de ce qu'il peut y avoir derrière.

— Derrière ?

— Oui, ce que ça peut cacher.

Je hochai une nouvelle fois la tête, mais sa réponse me laissait perplexe.

— Qu'est-ce qu'on va faire ?

— Tu verras. Je vais nous filmer, et s'il y a la moindre chose qui te gêne on arrêtera.

Voyant la tête que je tirais, il devait vouloir me rassurer.

— Je vais te montrer des objets du passé, te poser des questions, on va parler et documenter tout ça.

— Hum.

Je le vis allumer le chauffage pour mon plus grand bonheur. Il sortit une caméra qu'il installa sur un trépied plus loin dans le loft, disparaissant derrière une bâche et des draps. En le suivant, je découvris un décor sobre : un fond bleu, un tapis, des coussins, et les fameux objets recouverts, sans doute pour éviter de fausser la performance.

— Tu peux poser ta veste ici, m'expliqua-t-il tout en désignant une chaise.

— Merci.

Il en fit de même avec son manteau, ainsi que son écharpe. Dong-won quitta aussi ses bottines, alors je retirai mes baskets humides avec un rictus dégoûté. J'avais les chaussettes trempées. Je rageais en entendant le petit pouffement de ma Némésis derrière. Je lui lançai un regard noir et m'approchai du décor.

Quand on fut installés tous les deux, il alluma la caméra. J'avais une boule dans l'estomac et les mains moites. Ne pas savoir ce qui allait se passer me tendait. J'imaginais tout et son contraire. Voyant mon regard, Dong-won me demanda si on pouvait commencer. Je hochai la tête sans grande conviction. Dans quoi m'étais-je lancé?

Il se tourna vers l'objectif et sourit.

— Bonjour, je suis Yoon Dong-won, je suis ici présent en compagnie d'un ancien camarade de classe : Bae Hee-jun. Nous allons réaliser une performance que vous regarderez normalement à la prochaine exposition au SeMA à Séoul.

S'il y avait bien une chose que je ne pouvais pas enlever à Dong-won, c'était son charisme. En l'espace d'une seconde, il avait pris toute la place. Il attirait l'objectif sur lui. J'avais vu des extraits de sa dernière conférence à Berlin, il avait tellement de prestance. Dommage qu'il soit si arrogant.

— On va discuter, parler de nos souvenirs, Hee-jun et moi, tout en observant des objets du passé que j'ai ramenés. J'espère, avec cette expérience, créer des émotions et des réactions intéressantes dans le sens de ma démarche et du message que je veux porter.

Son attention se porta de nouveau sur moi. Je me redressai un peu plus, bombant le torse, essayant de montrer que mes efforts à la salle n'étaient pas vains. J'avais une certaine réputation à tenir. Il fallait que je montre au monde entier qui était le grand et unique HeeJay.

— Hee-jun, pourrais-tu te présenter brièvement pour les spectateurs de l'exposition?

Facile.

— J'ai 24 ans. Vous connaissez déjà mon nom et mon prénom, mais je suis aussi connu sous le pseudonyme de HeeJay. Je rappe seul ou avec mon groupe GochuBang. Il est composé de trois membres, SeiJayK, C-Yo et moi-même. Et c'est tout ce qu'il faut savoir, je crois ?

Mon corps s'était penché vers la caméra lors de ce monologue. J'étais fier de qui j'étais. Au lycée, je savais parfaitement que j'allais percer. Personne ne voulait me croire, me reprochant d'être trop imbu de ma personne. Bon, peut-être qu'avec le temps j'avais compris que je n'étais pas le meilleur, que je devais progresser. Yeonnie m'avait montré la voie, où aller, comment améliorer mon rap, et Jinnie m'avait appris à devenir une meilleure personne, je crois... Je savais au fond de moi que j'avais un potentiel monstre. Je voulais hurler au monde mes pensées et leur montrer à quel point j'étais incroyable.

— Hee-jun ?

— Hum ?

— Je vais te montrer un premier objet.

L'ancien blond décoloré sortit un vieux pull que j'aurais reconnu entre mille. Avec sa couleur bordeaux et ses écritures indigo en anglais, on le repérait de loin.

Voyant mon expression se renfrogner, Dong-won afficha un sourire en coin étirant ses lèvres, mais ses yeux, sombres et perçants, trahissaient une amertume sous-jacente. Légèrement relevée, sa lèvre supérieure laissait entrevoir un mélange de moquerie et de mépris. Ou me trompais-je ?

— Tu t'en rappelles ?

— Oui, vite fait... mentis-je.

— C'était lors de l'anniversaire de Changmin, le nouveau de seconde hyper populaire que Seok-jin avait pris sous son aile. J'avais été invité par je ne sais quel miracle et avais tanné

Sungmin de m'accompagner. Je ne voulais pas me retrouver tout seul au milieu de ta bande, expliqua Dong-won.

— Hum. J'y étais allé avec Kai, tu sais mon ex... C'était cette époque où on avait essayé de sortir ensemble, mais au final, être meilleurs amis, c'est vraiment ce qui nous convenait le mieux. Ça avait été une catastrophe, surtout quand il avait vu Yeon-woo embrasser une terminale, il s'était mis à pleurer. Il avait fini par comprendre qu'il l'aimait, et qu'il n'y avait rien de plus que de l'amitié entre nous.

— Tu l'avais consolé, puis Seok-jin, son cousin, avait pris la suite. Et c'est à ce moment qu'on s'est vus. J'aurais pas pu te louper, tu m'avais fixé longuement avant de dire que je ressemblais à un cassos avec, conta-t-il tout en caressant le tissu de ses longs doigts.

— En vrai... Je ne sais même pas pourquoi j'ai dit ça. Je crois que ça m'avait fait paniquer, que tu aies réalisé que je t'observais depuis tout ce temps, avouai-je, gêné.

— En même temps, tu n'étais pas très discret.

Un sourire sincère s'installa sur le visage de cet homme que j'avais tant haï. Avais-je encore autant et surtout toujours de l'animosité envers sa personne ? De quoi tout ça était parti ?

— Tu ne trouvais donc pas que je ne ressemblais à rien ?

Mon ventre se serra tandis que ma gorge s'asséchait. Les mots m'échappaient. C'était trop dur de reconnaître la vérité. Je passai les mains sur mon jean et Dong-won me regarda faire. Il ne disait rien, mais ses yeux parlaient à sa place. Mon anxiété chronique fit de nouveau surface, alourdissant mon corps.

— Tu n'es pas obligé d'en parler. Cette performance marche par ton seul consentement. Ne montre que ce que tu as envie de partager.

Je tournai ma tête vers la caméra que j'avais oubliée au fil de notre conversation. La raison de ma venue s'était envolée au fur et à mesure de la prestation. Je me sentais bien ici malgré la pression qui envahissait habituellement mon corps. Voyant l'objectif, je mordis ma lèvre. La main de Dong-won se posant sur la mienne qui tremblait me fit sursauter.

— Tes mains sont toutes sèches, lança-t-il.

— Et toi, t'es tout rouge, surtout le bout du nez. On dirait Rudolf... mais en moche.

Le noiraud sourit à nouveau face à mes propos.

Il avait en quelque sorte gagné, il m'avait provoqué et j'avais répondu, évitant sa question précédente. Ça me fit grincer des dents. Ce que son petit air supérieur pouvait me rendre fou.

Dong-won trouva que c'était le bon moment pour sortir le deuxième objet. Il était emballé dans une grande pochette blanche, je me doutais de sa nature : une photo de classe. Pourtant, quand il me la passa, l'année me perturba. C'était antérieur au lycée, j'avais passé mon collège en Malaisie, alors...

— Ouvre-la.

Je m'exécutai non sans grimacer. Je détestais répondre à ses ordres. Pourquoi avais-je accepté de participer à son truc, déjà ?

Dépliant enfin le document, je compris qu'il datait de ma première année de collège. Mes parents attendaient les derniers papiers, alors nous sommes partis quelques mois plus tard en Malaisie. J'oubliais souvent que j'avais passé deux mois de cours en Corée avant mon départ.

Déchiffrant la photo, la plupart des visages m'étaient inconnus, mais je finis par trouver Kai que j'avais abandonné en faisant ce voyage. J'étais tout naturellement à ses côtés. Nous étions meilleurs amis depuis le jardin d'enfants et plus encore. Pourtant, quelque chose me déstabilisa : un bras, entourant mes épaules. Qui était proche de moi comme ça, plus que Kai ?

Reconnaissant enfin la personne en question, je relevai ma tête vers Dong-won, un peu bouleversé par cette découverte.

— On était amis ?

— Oui, comme tu peux le constater.

— Mais… pourquoi je ne m'en rappelle pas ? l'interrogeai-je, totalement perturbé par cette information.

— Sûrement parce que tu es parti au bout de seulement deux mois. On n'a jamais gardé contact. Je voulais t'envoyer des lettres, mais tu avais oublié de me donner ton adresse là-bas, expliqua Dong-won.

— C'est fou… J'ai zéro souvenir de ça…

— J'avais bien remarqué lors de la rentrée de seconde au lycée, lorsque tu m'avais envoyé chier. J'ai cru que tu m'en voulais de ne pas avoir trouvé le moyen de garder contact. Puis avec le temps j'ai compris que tu m'avais juste oublié.

— Ça me ressemble bien, pouffai-je.

Néanmoins, je n'étais pas serein. Le regard de Dong-won était troublé et sa lèvre tremblait légèrement. Je compris que ça l'avait touché bien plus qu'il ne voulait l'admettre. Mes doigts vinrent naturellement à ma bouche, je mordillai nerveusement les phalanges une à une et tirai sur la peau autour de mes ongles pour l'arracher.

Si on avait été aussi proches que cette photo le laissait transparaître, comment se faisait-il que j'aie tout oublié ? C'était comme si un jour le temps avait effacé nos silhouettes sur la pellicule de la vie. En contemplant nos sourires, ses cheveux bruns à l'époque, les miens un peu plus sombres, je me demandais si ça aurait pu être différent entre nous. Comment auraient été mes années lycée si je lui avais donné une façon de me joindre ? Aurions-nous gardé contact comme avec Kai ? Serions-nous devenus meilleurs amis ? Est-ce qu'on aurait partagé une chambre à l'internat ? Aurait-il mangé avec nous à la cantine ? Serait-on partis en vacances ensemble ?

— Pourquoi on se déteste, déjà ? osai-je demander.

— Je ne sais plus, soupira-t-il.

Il passa une main de façon nonchalante dans ses cheveux noirs plus courts que dans mes souvenirs. L'atmosphère était pesante et en même temps reposante. Tout était parti d'un quiproquo, alors pourquoi continuer ?

— Je te préférais en blond. Ça te donnait un côté rebelle. Ce n'est pas rien de se décolorer les cheveux, avouai-je de façon admirative.

— Ah ouais ?

Un sourire espiègle vint trôner sur son beau visage. Je levai les yeux au ciel pour éviter son air suffisant. Il me rendait fou. Je finis tout de même par le rejoindre, adoptant la même expression. Ce petit jeu n'était plus rageant, non, c'était devenu excitant et même... exaltant ?

— Toi aussi.

Me tournant un peu plus vers lui, je haussai un sourcil d'incompréhension.

— Toi aussi ça te va bien, le blond. Surtout avec les beaux reflets roux qu'ils ont.

— Oh.

Mes joues se réchauffèrent bizarrement à son compliment. Une heure plus tôt, j'aurais préféré mourir que de rougir à un compliment de Yoon Dong-won.

— Merci, bredouillai-je.

— De rien.

Dong-won m'offrit le plus beau de ses sourires. Il était fier que son expérience fonctionne. Une partie de moi rageait encore intérieurement. Mais à quoi ça servait de perdre autant d'énergie à se détester après tout ce temps ? Et pour quoi ? Pour rien ? On ne se rappelait même plus l'origine de notre haine mutuelle. Peut-être qu'en partant sur de meilleures bases, on pourrait créer quelque chose de mieux ensemble?

— Si je t'ai fixé autant de temps à l'époque, c'est juste que… je te trouvais époustouflant dans ce hoodie qui contrastait avec ton style habituel et ça mettait en valeur tes jambes fines. Comme j'avais remarqué après coup que tu m'avais cramé, j'avais paniqué et sorti la première insulte qui m'était venue, lui confiai-je.

— Bah ça alors, HeeJay, Bae Hee-jun, le grand rappeur, me trouvait séduisant!

— J'ai pas dit ça! m'exclamai-je tout en lui tapant l'épaule.

— Mon côté drama queen aurait déteint sur toi? demanda-t-il avec ce même rictus.

Une question me brûlait les lèvres depuis qu'il était arrivé en courant sous la neige. J'humectai ces dernières avec ma langue, baissant la tête.

— Pourquoi le noir?

Son sourire s'évanouit avant de le reprendre. C'était comme si le temps d'un instant son masque avait disparu pour en reconstruire un plus fort, plus dur. Il s'apprêtait pourtant à me confier une partie de la vérité. Le voyant hésiter, je le rassurai.

— C'est ta performance, toi seul décides de ce que tu veux montrer au monde ou non.

— C'est vrai… répondit-il, pensif.

Il se laissa aller dans les coussins derrière lui, s'installant plus confortablement.

— C'était pour effacer une partie de moi. Pour rentrer plus dans le moule, je crois…

— Ça ne te ressemble pas du tout.

— Je sais… J'admets que je voulais l'acceptation de mes parents. Ils n'ont pas vraiment digéré le fait que j'aie dilapidé une partie de leur fortune pour faire une école d'art. Dans un sens, je voulais les rendre fiers, je crois...

— Mais tu es l'un des artistes les plus respectés de Corée du Sud, tu as même un rayonnement international !

— Oui, mais je suis un artiste, c'est là tout le problème. Ils auraient préféré que je sois avocat, médecin, ingénieur. Leur rêve, c'était que je sois diplômé de l'Université Nationale de Séoul. J'imagine que je suis leur plus grande déception.

— Mais... tu es reconnu de tes pairs et du monde.

— Oui, mais il n'y a pas que ça Hee-jun...

Intrigué et révolté que ses parents n'admettent pas son talent et sa renommée, je me rapprochai pour inciter Dongwon à se confier. Je ne saisissais pas. Je savais que la société de notre pays était dure, mais quand un enfant s'évertuait à briller internationalement, qu'il réussissait et qu'il gagnait dignement sa vie pour, enfin de compte, que ses parents ne l'acceptent pas, je restais dans l'incompréhension totale.

— Je suis gay, Hee-jun.

— Et alors ?

— Et genderfluid.

— Et alors ? répétai-je.

Je ne voyais pas le problème, enfin, je refusais de le voir, car pour moi, ça n'en était pas un.

— Alors, je te rappelle dans quel pays nous sommes et de quel milieu je viens. Mes parents ne sauraient tolérer ça. Pourtant, j'ai eu l'espoir qu'ils l'acceptent, car ils se vantaient ces derniers temps que j'aie fait la une des médias. Mais non, c'était juste pour éviter le ridicule dans les soirées mondaines. Ils ne m'aiment pas, et ne m'ont jamais aimé. Ils n'apprécient que le reflet que je renvoie, le prestige que j'aurais pu leur apporter. Quand ils ont compris que l'art n'était pas une vulgaire passion, un hobby, que je voulais en faire réellement mon métier, que je ne leur fournirais jamais d'héritier de leur rang, et qu'en plus de tout ça j'étais un monstre, ni homme ni femme, ils ne l'ont pas accepté.

— Tu veux dire qu'ils t'ont renié?

— Oui, ils m'ont aussi coupé les vivres. L'argent n'est pas un problème. Mais au départ, ils souhaitaient nuire à ma carrière, puis ils se sont vite rendu compte que ça entacherait encore plus leur réputation, alors ils se sont abstenus.

Je me redressai et plongeai intensément mon regard dans le sien qui reflétait son âme. J'y voyais des entailles, des cicatrices et une profonde tristesse que je n'avais jamais vues auparavant. Avais-je été aveugle à ce point? Ou était-ce parce que je n'avais prêté aucune attention à Dong-won par le passé? Je croisais les mains sur mes cuisses, mes doigts s'entrelacèrent fermement, et je pris une grande inspiration avant de parler.

— Je ne sais pas la souffrance que tu endures, mais vis ta vie maintenant Dong-won. Tu n'es pas eux, ils ne méritent pas que tu te plies à leurs désirs alors qu'ils t'ont jeté de la leur. Tu n'as plus à répondre de leurs actes. Vis pour toi et seulement toi.

Il soupira, puis m'offrit un sourire sincère.

— Merci. Même si je sais tout ça, je crois que j'avais besoin d'entendre ces mots. Alors merci Hee-jun.

Je lui rendis son sourire en guise de réponse.

Néanmoins, d'autres troubles l'agitaient toujours. Je le vis à sa façon de passer sa main dans ses cheveux, tirant sur les pointes, ou encore à son regard fuyant. Pourtant, d'habitude, c'était moi le plus anxieux.

— Quels sont tes pronoms? Comment dois-je t'appeler?

— Aujourd'hui, c'est «il». Ne t'inquiète pas, je te dirai la prochaine fois.

Il y aurait donc une prochaine fois. Bizarrement, mon cœur tressauta dans ma poitrine. Un sourire naissait à nouveau sur mon visage. J'étais heureux.

— Tu te rappelles de ma rupture avec Seo-jun ?

— Le pote de Seok-jin ? se renseigna-t-il.

— Oui...

— Quand je t'avais trouvé en train de faire une crise d'angoisse dans les WC du deuxième étage en fin de première ?

— Exactement. Il ne voulait pas continuer notre relation à distance. Seo-jun, c'est le genre de personne à aimer à cent pour cent, le genre qui ne sort avec quelqu'un que si c'est pour la vie. La distance amenait trop de paramètres contradictoires avec son départ aux USA pour Juilliard. C'était peut-être pour le mieux, j'ai appris deux ans plus tard que Sungmin, notre ancien délégué de classe, avait été accepté à Columbia. Ils étaient tombés l'un sur l'autre à une fête dans un bar pour les étudiants de New York, toutes universités confondues. Ils ont commencé à sortir ensemble, ça fait trois ans depuis cet automne.

— Tu m'en parles pour ? Tu veux m'avouer que tu es toujours amoureux de lui ? demanda-t-il en haussant un sourcil.

Un rire franc traversa ma gorge.

— Non, pas du tout. Je voulais juste te remercier d'avoir mis notre animosité de côté pour m'aider ce jour-là. D'habitude j'arrivais à calmer mes crises au bout d'un moment, tout seul. Mais là j'ai cru que ça durerait des heures. J'avais l'impression que la vie m'écrasait de tout son poids et qu'en même temps le sol se dérobait sous mes pieds. Si tu n'étais pas arrivé, je ne sais pas comment j'aurais fait.

— Oh... fit-il en se grattant l'arrière du crâne. C'était rien. Je n'allais pas te laisser comme ça.

— Un bon nombre de personnes sont passées devant ces toilettes, pourtant, toi, tu t'es arrêté. En plus, à cette période-là, on était particulièrement violents entre nous. Je me rappelle avoir jeté ton sac de luxe dans une benne devant le lycée. Alors merci.

Mon corps tremblait, traversé par des dizaines d'émotions en même temps. Les yeux légèrement humides, je n'osais plus croiser le regard de Dong-won.

— Je suis vraiment désolé, Yoon Dong-won. Tout ce que je t'ai fait subir était injuste. J'étais égoïste et immature.

— J'accepte tes excuses, et je te demande aussi pardon pour tout ce que j'ai pu te faire, Bae Hee-jun... je n'étais pas non plus en reste. Tu ne le méritais pas non plus. J'étais tellement dramatique et pas assez mature, si on doit s'avouer nos défauts du passé, pouffa Dong-won.

— J'accepte aussi tes excuses.

Nous restâmes, là, à nous fixer de longues minutes, sans détourner une seule seconde le regard, la gêne anciennement entre nous était absente. Des frissons me parcoururent. J'avais chaud. L'aura de Dong-won, au lieu de m'écraser comme à l'habituelle, venait envelopper mon corps. J'étais bien. J'aurais pu rester là toute une éternité.

Dong-won finit par briser cet instant. Il baissa son visage, les joues rouges et la bouche entrouverte. Il se pinça les lèvres et elles se tordirent en un mouvement involontaire.

— Ça paraît bizarre si je te demande un câlin ?

— Non pas du tout, affirmai-je.

Il se leva, faisant tomber quelques coussins plus loin. Mon cœur tambourinait dans ma poitrine lorsque je fis de même. Mes mains étaient moites. Nous avançâmes jusqu'au centre du décor. À quelques centimètres de lui, je perdis tous mes moyens. La chaleur de ses bras fins m'entoura tandis qu'il me plaquait contre son torse. Il portait un pull rouge me rappelant un peu son vieux hoodie. Son odeur de frangipanier, d'ylang-ylang et de fleur de Tiaré m'apaisa. Je m'enfouis à plusieurs reprises dans le creux de son cou, aspirant à pleins poumons le parfum enivrant qui me faisait perdre la raison. Mes bras restés ballants de chaque côté vinrent dans son dos. Mes mains agrippèrent la maille de son haut. Je resserrai ma prise, de peur que cet instant ne soit qu'un rêve. Dong-won en fit autant, tellement que j'eus du mal à respirer. Sentant son souffle dans mon cou, j'avais l'impression de me liquéfier.

Au bout d'un moment qui me sembla bien trop court, il s'écarta, ne laissant que du vide et du froid.

— La performance est terminée.

Dong-won sourit de toutes ses dents. Il était extrêmement heureux, ça se voyait à la lumière qui l'entourait. Il trottina jusqu'à la caméra qu'il éteignit et il rangea ses affaires minutieusement. Du coin de l'œil, je l'observais. Ne sachant pas quoi faire ni ce qui allait suivre, je remis mes chaussures et enfilai ma veste. Je grimaçai à la pensée de devoir quitter ce studio d'artiste pour rentrer chez moi. Dire que quelques heures auparavant, je me maudissais d'avoir accepté de participer à son projet artistique.

— Tu fais quelque chose ce soir pour le réveillon, du coup ? demandai-je maladroitement.

J'avais peur de le blesser en évoquant la perte de ses géniteurs, car à mes yeux, ils n'avaient ni le nom ni le rôle de parents. Ils y avaient failli. Dong-won méritait tellement mieux. Mon cœur se serra à la pensée que peut-être il serait seul ce soir.

Alors que nous sortions de l'atelier, lui couvert de sa grande écharpe écarlate, il souffla de la buée avant de répondre.

— Non, je n'ai rien de prévu. Pourquoi ?

— Ne reste pas seul. Je n'ai rien non plus de particulier, puisque je le fête seulement demain dans la famille de Kai. Tu veux venir ? proposai-je.

— C'est un rencard Bae Hee-jun ? Tu sais pourtant qu'avant tout c'est une fête pour célébrer l'amour au sein d'un couple ?

— Ça le sera uniquement si tu le souhaites, rétorquai-je sûr de moi.

Je ne voulais pas perdre cette chance.

— Alors c'est oui. Je reste pour le réveillon. Seulement pour Noël Hee-jun, ne te fais pas de films.

— Hum, si tu le dis. Le plus important c'est que tu aies accepté de rester.

Plus tard, quasiment arrivés chez moi, Dong-won s'empara de ma main, la réchauffant de ses gants, ce qui m'arrêta dans ma course. Je resserrai la prise, entrelaçant nos doigts. Le froid ne faisait plus effet. Je brûlais pour Yoon Dong-won, mon ancienne Némésis. Il se pencha, déposant délicatement ses lèvres contre les miennes.

— Merci.

— Avec plaisir. Joyeux réveillon, Woonie.

— Joyeux réveillon Junnie.

Le loup et le renard

Le loup et le renard

Min-seo s'observa pour la millième fois dans le miroir. Quelque chose clochait, mais il n'arrivait pas à en déterminer la cause. Alors qu'il allait abandonner, trois coups donnés sur sa porte ouverte le coupèrent dans sa contemplation.

— Coucou toi !

Seong-woo.

Jung-Clarke Seong-woo.

Le jeune homme à la chevelure brune et bouclée s'avança dans la chambre de Min-seo. C'était le fils des meilleurs amis de ses parents. Ils avaient quasiment grandi ensemble, tels des cousins ou des frères. Mais ce n'était pas du tout comme ça que Min-seo voyait Seong-woo.

Leurs pères s'étaient connus lors de l'échange scolaire en secondaire de son papa en Australie. Ce dernier avait vécu un an là-bas, chez les Jung-Clarke. Ils s'étaient tout de suite entendus. Étant d'origine coréenne et s'étant rapprochés des

Yoon, les Jung-Clarke décidèrent de rentrer en Corée, auprès de leur famille et de leurs amis.

Naturellement, les parents de Min-seo étaient devenus le parrain et la marraine de Sean à sa naissance, et inversement pour lui quelques années plus tard, ainsi que pour les autres enfants des fratries et sorories.

Sean était son prénom international, celui que Seong-woo portait partout sur ses papiers d'identité. Tout le monde l'appelait par son prénom coréen par facilité.

— Tu t'en sors ?

Min-seo fronça les sourcils.

— Pas trop. Y a un truc qui ne me plaît pas…

Seong-woo pouffa, regardant de plus près son cadet.

— C'est normal, t'as mal noué ta cravate.

Min-seo retira celle-ci dans un grand geste et la jeta sur son lit. Il avait beau vouloir montrer un côté plus mature à Seong-woo — afin qu'il ne le voie plus comme un petit frère — il ne pouvait s'empêcher de réagir de manière puérile parfois.

Seong-woo récupéra la cravate, et releva le col de la chemise de Min-seo. Les longs doigts de l'Australien frôlèrent son cou, et cela le fit déglutir.

— Je vais t'aider.

Seong-woo lui expliqua comment nouer correctement ce bout de tissu, tout en lui montrant. Une fois fait, il recula de deux pas pour observer Min-seo.

— T'es beau comme ça Minnie.

Piquant un fard, Min-seo chercha une veste dans sa penderie. Pendant qu'il faisait mine de fouiller pour cacher son embarras, il sentit la présence de Seong-woo dans son dos. Son cœur rata un battement.

— Tu devrais plutôt prendre celle-là, elle s'accorde parfaitement avec la couleur de tes yeux.

Le compliment lui fit chaud au cœur. Min-seo reposa la veste pour prendre celle que lui tendait Seong-woo. Il l'enfila sans grande difficulté, puis se tourna vers le plus âgé et lui demanda :

— Alors ? Comment tu me trouves ?

Seong-woo ne dit rien, fixant intensément Min-seo. Face à ce silence, ce dernier déglutit et essuya ses mains moites sur son pantalon de costume.

— T'es vraiment magnifique, finit par dire Seong-woo.

Une chaleur envahit le corps de Min-seo, donnant une jolie couleur rose à ses joues.

— Merci, bredouilla-t-il.

— J'comprends pas que tu n'aies toujours pas de copine.

Peut-être parce que c'est toi que j'aime depuis la fin du secondaire, du con.

Min-seo n'eut plus assez de temps pour jurer sur son aîné, puisqu'il vint accrocher contre son cœur une broche avec une branche de houx qu'il avait sortie de sa poche.

— Comme ça, pour Noël, je serai tout le temps avec toi, dans ton cœur.

Une chaleur douce se répandit depuis les doigts de Min-seo jusqu'à ses bras. Il sourit bêtement, ne sachant plus vraiment si Seong-woo lui parlait toujours. Il avait l'impression que ses poumons étaient incapables de contenir assez d'air, comme si chaque souffle était trop petit pour l'immensité de ce qu'il ressentait. Si cela continuait comme ça, Min-seo ne survivrait pas à ce réveillon de Noël.

Depuis le retour des Jung-Clarke sur le territoire coréen, les Yoon et eux fêtaient le réveillon ensemble. C'était leur tradition. Ils ramenaient les fruits de mer, les légumes grillés, les puddings et les pavlovas tandis que les Yoon s'occupaient des bulles et du vin, ainsi que du poulet frit et de la bûche.

Dans ces moments-là, Seong-woo racontait toujours à quel point les barbecues de Noël lui manquaient. Petit, il rentrait souvent avec sa famille en Australie où ils célébraient cette fête en plein été. Ils allaient sur la plage, mangeaient des produits de la mer ou de la viande grillée, et ils finissaient par déguster des fruits exotiques le soir, près du feu dans le sable.

Seong-woo avait promis qu'un jour il amènerait Min-seo là-bas pour Noël.

— Tu viens ? Nos parents doivent nous attendre.

— J'arrive, bredouilla Min-seo.

Seong-woo hocha la tête avant de disparaître.

Min-seo soupira. Jamais il ne pourrait survivre à une cinquième année d'amour à sens unique. Il savait que s'il voulait un jour sortir avec Seong-woo, il devrait passer la deuxième. Mais, il avait peur de le perdre.

Il l'avait toujours connu, et d'une vie sans Seong-woo, il n'en voulait pas.

Il ne pourrait pas.

C'était pourtant déjà un peu le cas depuis que ce dernier était parti faire ses études il y a quatre ans, juste un peu après que Min-seo a pris conscience de ses sentiments pour son ami d'enfance.

Heureusement pour lui, Seong-woo rentrait un week-end sur deux. Mais ce n'était plus pareil, ils ne passaient plus tout leur temps ensemble... Seong-woo était trop occupé. Il avait beaucoup de travail à faire, entre les cours et son petit boulot. Il passait aussi du temps avec sa famille et ses amis. Alors oui, Seong-woo avait moins de temps pour Min-seo, à son plus grand désarroi.

Il lui manquait.

En permanence.

Min-seo fouilla dans son armoire et sortit un petit paquet emballé maladroitement dans du papier rouge vif. Il le caressa rêveusement, la main tremblante.

J'espère que Seong-woo aimera…

Le jeune homme descendit enfin, retrouvant ses frères, la sœur et le frère de Seong-woo, ainsi que leurs parents. Ils étaient déjà tous attablés, n'attendant plus que Min-seo. Cela gêna ce dernier, qui s'assit la tête baissée à la seule chaise libre, à côté de Seong-woo. C'était loin de lui déplaire.

— T'inquiète pas, on t'attendait.

Seong-woo lui offrit un joli sourire.

— C'est bien ça qui me gêne.

— Arrêtez vos messes basses, les enfants.

— Mom! We're not kids anymore.

— I know my little wolf cub.

Madame Jung-Clarke sourit, et croisa le regard rempli d'amour de son mari. Entre eux, c'était toujours l'amour fou. Min-seo rêvait d'avoir une relation similaire.

— J'adore quand elle t'appelle louveteau, c'est trop mignon.

— C'est un peu gênant quand même.

Seong-woo cacha son visage derrière ses longues mains et fuit le regard de leurs familles.

— Qui veut du vin?

Le papa de Min-seo s'était relevé pour servir tout le monde.

— Moi! s'exclama Liam, le petit frère de Sean.

— Tu attendras d'être majeur minus.

La cadette des Jung-Clarke, Olivia, adorait taquiner ses deux frères.

— *Liv! Don't make fun of your brother.*

— Surtout que tu étais à sa place l'année dernière.

Sous la table, les jambes de Min-seo et Seong-woo n'arrêtaient pas de se frôler, de se toucher, rendant fou le jeune homme. Voyant la main de Sean, posée, paume vers le ciel, sur sa cuisse, Min-seo n'avait qu'une idée en tête : entrelacer leurs doigts.

— Minnie ? Je te sers ?

Min-seo sursauta, sentant seulement la présence de son père dans son dos.

— Euh, oui, bredouilla-t-il.

— Seong-woo ?

— Oui, merci Mons… Kyung-soo.

— Seong-woo ! Voyons pas de ça avec moi, s'esclaffa-t-il.

Min-seo le trouvait toujours mignon quand ça lui échappait, il savait que ces coutumes lui tenaient à cœur. Seong-woo avait toujours été très poli, avec tout le monde. Min-seo avait peur que la société coréenne n'ait trop déteint sur lui. Heureusement, Ethan, l'un de leurs amis communs de l'université, lui aussi expatrié, aidait Sean à se souvenir de la mentalité australienne.

Il n'avait jamais trop su ce que Seong-woo pensait de l'homosexualité, il n'était jamais vraiment sorti avec quelqu'un à part quelques filles au lycée. Mais plus rien depuis quelques années, prétextant qu'il manquait de temps avec l'université.

Était-ce vraiment le cas ?

Ses ami·e·s Sua et Ji-woo, dans le même campus que Ethan, n'avaient pas su lui dire. Sua étudiait la photographie, tandis que Ji-woo, iel, suivait des cours avec Ethan en sciences du théâtre, de la musique et de la danse. Seong-woo, quant à lui, était en audiovisuel, quelques années au-dessus des autres.

L'année dernière, en terminale, quand Min-seo ne finissait pas trop tard, il allait à l'université, il prétendait attendre l'un.e de ses ami·e·s à la sortie, espérant croiser Seong-woo. Tout ce que faisait le jeune homme pour attirer l'attention de son voisin et ami d'enfance en était désespérant.

Parfois, tard le soir, il regardait à travers sa fenêtre, espérant voir la silhouette de Seong-woo se dessiner. Mais celui-ci était soit à la BU, soit chez ses amis Ki-hyun et Minki en train de réviser, ou bien... en soirée, voire en boîte.

— Ça va? T'as l'air dans la lune?

— Oui, oui, t'inquiète.

— Tu veux des crevettes?

— Euh oui, merci.

Seong-woo regarda étrangement son ami d'enfance.

Depuis le début de la soirée, Min-seo était ailleurs. Il fallait vraiment qu'il se concentre et qu'il mette la seconde.

Mais comment faire?

Alors que tout le monde mangeait joyeusement autour de la table des Yoon, Min-seo guettait la moindre ouverture.

— *Mom? Dad?* Je peux aller en haut avec Jiyoung et Liam? demanda Olivia.

Liv avait beau répéter à tout va qu'elle était adulte, elle aimait encore jouer, surtout le jour du réveillon où ils regardaient, enfants, des films de Noël tous ensemble.

Vite. Min-seo devait en profiter!

— Nous aussi avec Sean? Je dois lui montrer quelque chose dans ma chambre.

— Oui, mais revenez tout à l'heure pour la suite. On vous appellera.

Min-seo hocha la tête alors que Seong-woo l'observait, les yeux légèrement écarquillés, intrigué.

Il monta le premier à l'étage, Olivia et les garçons étaient déjà en haut. Seul son grand frère était resté en bas, il discutait d'actualités avec les parents.

Dans la chambre de Min-seo, ils s'assirent sur son lit. Le plus jeune passa nerveusement ses doigts dans ses cheveux noirs, avant de mordiller la peau autour de ses ongles.

— Tu voulais me montrer quelque chose?

— Ah oui. Euh. En fait, non... enfin oui. C'est plus que je devais te dire quelque chose, bafouilla le cadet des Yoon.

Sean fronça les sourcils et pencha la tête légèrement sur la droite, faisant danser ses boucles brunes.

— Tu es sûr que ça va?

— Ouais, ouais... répondit nerveusement Min-seo.

Le plus vieux plissa les yeux mais acquiesça.

— Si tu le dis.

Au bout de quelques secondes qui en parurent des centaines, Min-seo prit son courage à deux mains et se décida à parler.

— Dis... ça t'est déjà arrivé de te demander si tu étais attiré par un autre genre que les filles?

Seong-woo sourit, avant de reprendre un air sérieux.

— Désolé si je donne l'air de me moquer, c'est juste que je m'attendais à pire vu comme tu étais étrange depuis tout à l'heure.

Min-seo fit la moue, il jouait avec ses mains, les bras ballants entre ses jambes.

— Pour répondre à ta question : non. Mais je crois que c'est parce que je n'ai jamais prêté attention au genre en général des personnes qui m'attiraient ou pour qui je développais des sentiments.

— D'accord.

Seong-woo se tourna vers Min-seo, qui avait toujours les yeux fuyants et le rouge aux joues.

— Pourquoi ? Tu *crush* sur un garçon ?

Min-seo hocha difficilement la tête et s'enfonça dans les couvertures, se laissant tomber sur le lit.

— Hey... T'as pas à être gêné avec moi, on est presque comme des frères.

Le cœur de Min-seo se déchira en entendant cette phrase.

C'est bien ça le problème, Seong-woo...

— Oh mince, c'est parce que tout à l'heure je t'ai parlé de copine. Désolé. C'était pas ouf de partir du principe que tu étais hétéro.

— Non, mais c'est logique, la plupart des gens le sont, marmonna Min-seo.

— Il est beau ? Comment il s'appelle ? Il a quel âge ? Je le connais ? enchaîna Seong-woo.

Min-seo se cacha encore plus sous les couvertures et les coussins.

— Oui, il est beau. Il est même magnifique. C'est le plus bel homme que j'aie pu rencontrer.

— Ah oui, quand même, j'aimerais voir un mec comme ça.

Min-seo pouffa à la réflexion du brun.

— Il a 22 ans.

— Oh, comme moi !

Min-seo acquiesça.

— Je ne peux pas te dire comment il s'appelle, car oui tu le connais.

— *Oh bloody oath !*

Le brun descendit du lit pour sautiller partout.

— Attends, laisse-moi deviner! Ne dis rien!

Il déposa son doigt brutalement sur les lèvres de Min-seo qui sentit son cœur louper un battement. Ses mains étaient de nouveau moites.

— C'est Ki-hyun?!

Voyant la tête du jeune homme, Seong-woo changea d'avis.

— Non, non, c'est pas Ki-hyun. Il n'a pas encore eu 22 ans. Ça peut pas être non plus Minki. Mais alors... C'est Taehyun?

Min-seo secoua la tête.

— C'est quelqu'un dont je suis très proche. Même si ces dernières années on ne se voit plus du tout. De base on se connaît par cœur.

Le ton de Min-seo s'était fait accusateur, sans le vouloir.

— Attends, mais ça veut dire que ça fait longtemps que tu le connais?

Min-seo acquiesça.

— Mais comment ça se fait que je ne voie pas qui c'est?

— Je peux pas te dire...

Le rouge aux joues, Min-seo se tut.

— À table!!! On mange la suite!

Un peu déçu, Min-seo se tourna vers Seong-woo. Ils descendirent, après avoir prévenu une énième fois leurs petits frères et sœurs.

De retour dans la salle à manger, l'ambiance était nettement plus tendue que plus tôt.

Qu'allait dire Seong-woo? Allait-il finir par deviner?

Il l'avait dit lui-même tout à l'heure, il le voyait seulement comme un frère... C'était peine perdue.

Pourtant, Min-seo avait envie de tenter sa chance. Il n'avait jamais été si proche d'y parvenir.

La mère de Seong-woo passa le fromage, pendant que son père servait le pain. Il y en avait aux graines de sésame et pavot, un autre complet et du pain d'épices. Des kiwis et de la confiture de figue complétaient le plateau.

Seong-woo lui passa la confiture, un sourire à couper le souffle aux lèvres.

— M... Merci... Seong-woo...

— Eh, tu sais, t'as pas à être gêné avec ce que tu m'as dit là-haut. Je suis content que tu te confies à moi. Ça me manque nos journées tranquilles tous les deux à jouer à la PlayStation pendant des heures, à manger des cochonneries et finir par regarder des films ou séries jusqu'aux aurores.

— Moi aussi, confia Min-seo.

Plus bas, il chuchota :

— Surtout quand je me blottissais contre toi, et que tu me serrais dans tes bras musclés.

— Tu as dit quelque chose ? questionna Seong-woo.

— Non, non.

Min-seo piqua un fard, se rendant compte qu'il avait pensé tout haut.

Il coupa quelques morceaux de fromage, essayant d'oublier sa gêne. Étalant une partie sur du pain aux graines, il rajouta un peu de confiture de figue, puis dégusta sa préparation.

La nourriture lui fit oublier pendant quelques instants l'état dans lequel il était plus tôt. Néanmoins, il devait tenter quelque chose, plus que ça.

Les parents étaient pris dans un débat houleux, rien de méchant, juste quelques désaccords. Ces quatre-là finissaient toujours par s'entendre, trouver des compromis, se remettre en question, ou juste rester sur leurs positions dans le respect. De quoi faire partir les plus jeunes frères et sœurs à l'étage une nouvelle fois, et cette fois-ci tout en discrétion.

Il ne restait plus que le grand frère de Min-seo qui parlait à sa copine sur son téléphone.

La voie était libre.

Seong-woo but un coup, le regard un peu dans le vague, si bien que lorsqu'il reposa sa main sur sa cuisse en dessous de la table, il ne remarqua pas Min-seo qui s'en approchait dangereusement.

Plusieurs fois, il hésita, rapprochant sa paume, puis la reculant. Alors quand Seong-woo bougea et faillit changer de position, Min-seo se lança.

Il déposa sa main sur celle du brun. Seong-woo se tourna vers Min-seo, les yeux légèrement écarquillés. Ce dernier regardait le mur du salon, à l'opposé de l'homme qui le mettait dans tous ses états. Son cœur battait si fort dans sa cage thoracique, qu'il avait peur qu'il n'en sorte.

L'attente était si longue, et Seong-woo ne réagissait toujours pas.

Soudain, le brun finit par entrelacer leurs doigts délicatement. Il entama quelques gestes avec la pulpe de ses doigts et de douces caresses dans le creux de sa paume.

Min-seo piqua par la énième fois un fard.

Il jeta un coup d'œil à gauche, puis à droite.

Personne ne regardait.

Ouf.

Puis, il se concentra sur Sean. Ce dernier fixait intensément le sapin de Noël, évitant le regard de Min-seo. Qu'est-ce que cela voulait dire? Min-seo n'en savait rien, néanmoins il était heureux de tenir la main de Seong-woo.

— *Kids!* On va ouvrir les cadeaux! Le père Noël est passé!

Ni l'un ni l'autre ne savaient qui avait retiré sa main le premier, mais l'appel des parents avait mis un terme à ce moment si doux.

— *Come on! We also want to open our presents!* insistèrent les parents.

Min-seo fonça à l'étage récupérer son petit paquet. Il avait mis toutes ses économies là-dedans. Et tant pis pour ses parents, ceux de Seong-woo, ses frères, ou Olivia et Liam... Il était bien trop heureux de l'offrir à Sean, il espérait qu'il ferait son petit effet.

Tous rassemblés autour du sapin, ils s'échangèrent à tour de rôle leurs cadeaux.

Olivia eut une nouvelle caméra pour filmer ses vlogs. Liam un jeu de PlayStation. Ses parents eurent un service complet de vaisselle absolument magnifique. Ceux de Sean reçurent une très bonne bouteille de vin et un foulard bourgogne en soie. Quant à Jiyoung, son petit frère, il reçut le même jeu à la mode que Liam. Et pour Myeong-jun, son grand frère, un pack de voyage pour deux.

Alors qu'il allait offrir son paquet à Seong-woo, Myeong-jun le coupa. Il interrompit tout le monde d'ailleurs, se mettant au milieu du séjour. Il redonna le pack aux parents de Min-seo.

— Je peux pas accepter. Surtout si vous n'êtes pas au courant de la vérité. Ma copine, bah, c'est pas «ma copine», mais un cop...

Il n'arrivait pas à finir sa phrase. C'était trop dur.

— Oh, Myeong-jun...

Leur mère avait les larmes aux yeux; devant sa bouche, sa main tremblait.

Min-seo sentit le monde tomber sur ses épaules. Comment avait-il pu passer à côté de ça? À côté de ce que vivait son propre frère. À côté de ce qu'il vivait aussi.

— Tu sais bien que nous n'avons pas cette mentalité-là. Tout ce que nous voulons, c'est le bonheur de nos enfants, peu importe qui ils aiment, peu importe comment ils s'habillent, peu importe le genre qu'ils ont.

C'était leur père qui avait prononcé ces mots ?

C'était vraiment lui ?

Dans la poitrine de Min-seo gonfla un sentiment de fierté immense.

— C'est… c'est vrai ?

— Oui, Junie, c'est vrai.

Min-seo vit son grand frère se mettre à pleurer, et foncer dans les bras de leurs parents, comme quand ils étaient petits.

Après ces larmes de soulagement, de joie et d'amour, leur père eut un sourire taquin.

— Qui est l'heureux élu ?

Myeong-jun piqua un fard.

— C'est… Vous savez, petits, on traînait toujours avec Sean et Olivia…

— C'est Seong-woo ?! s'exclama Liam.

Ce dernier ne sut plus où se mettre. Min-seo avait peur, il regardait ses pieds et priait pour que cette hypothèse soit fausse, *terriblement fausse*.

Il l'aurait remarqué si Sean et son frère sortaient ensemble en cachette, non ?

Plus rien n'était sûr quand il n'avait même pas été capable de voir que son frère était passé par les mêmes doutes et peurs que lui…

— Je n'avais pas fini Liam, s'il te plaît.

— *Yes, kitten. Let Myeong-jun speak, it's important to him.*

Liam bouda, mais Jiyoung toucha son épaule pour lui signifier que c'était un moment précieux pour leur famille.

— Bon, comme je le disais, petits, on traînait beaucoup avec Seong-woo, Olivia, Ki-hyun et Minki. Je me suis rendu compte au lycée que j'étais fou amoureux de Ki-hyun, il a toujours été mon idéal masculin. On s'est pas mal rapprochés à l'université après un soir où on travaillait à la BU. Il allait s'en aller, mais il m'a vu et est venu m'aider. De fil en aiguille, on a passé de plus en plus de temps ensemble. Et la copine dont je vous parlais, Ji-hyeon, bah, c'est lui...

— Oh, c'est génial mon chéri. Je suis si heureuse pour toi !

Leur mère vint prendre une nouvelle fois son fils dans ses bras avec toute la douceur qu'elle ressentait pour ses enfants.

— Ki-hyun est un gars bien.

Le papa de Min-seo acquiesça.

— Si on avait su, on l'aurait invité !

Min-seo était complètement pris dans le coming out de son frère. Il se rapprocha de lui, allant lui faire un câlin à son tour. Dans son oreille, il chuchota :

— T'es con, pouffa Min-seo. T'aurais dû me le dire. Moi aussi, j'aime un garçon.

Myeong-jun se recula les yeux écarquillés, puis se rapprocha de son petit frère.

— Toi aussi ?

Min-seo déglutit, puis hocha la tête.

— Tu veux me dire qui c'est ou garder ça pour toi, ou même attendre et m'en parler plus tard ?

Il jeta quelques coups d'œil vers Seong-woo quand il n'observait pas ses pieds ou son frère. Myeong-jun suivit le regard de son petit frère et comprit. Il posa une main rassurante sur son épaule, et ils ressentirent tous deux une vague de chaleur apaisante. Une sensation familière de réconfort envahit Min-seo, qui se sentit chanceux d'avoir son frère à ses côtés.

— C'est Sean, c'est ça ?

Les joues de Min-seo reprirent une couleur rosée.

— Oui...

— Vous sortez ensemble ?

Il agita sa tête de gauche à droite, perdant le peu de sourire qu'il lui restait.

— J'aimerais tant...

— Tu lui as dit ?

— Pas vraiment. Je l'ai insinué.

Une main rentra dans leur champ de vision, les coupant. La silhouette imposante de Seong-woo apparut. Il avait un grand sourire aux lèvres, le genre de sourire qui fait complètement craquer, celui qu'il avait quand il rayonnait.

— Je peux t'emprunter Min-seo, Myeong-jun ?

Myeong-jun sourit sournoisement.

— Bien sûr.

Ils s'isolèrent un peu plus loin, dans le couloir, à l'abri des regards. Min-seo regarda Seong-woo, penaud. Que lui voulait-il ? Était-ce à propos de leur conversation plus tôt dans sa chambre ?

Se dandinant sur place, Min-seo ne savait pas où se mettre. Les mains derrière le dos, il questionna le brun :

— Tu voulais me parler ?

— Oui...

Tout à coup, c'était au tour de Seong-woo de sautiller sur place, le regard fuyant, la tête baissée, jouant avec les pans de son costume.

— Je... J'ai compris de qui tu parlais... tout à l'heure...

Min-seo ne put s'empêcher de sourire, reprenant un peu de contenance.

— Ah ?

— Oui...

— Et ? Tu penses que c'est qui ?

Seong-woo devint rouge jusqu'aux bouts des oreilles et balbutia des mots incompréhensibles.

— Tu... *you were*... tu parlais de moi, *weren't you?*

C'est comme si une pierre était tombée dans l'estomac de Min-seo. Il avait des fourmis dans tout le corps et ses jambes se mirent à flageoler.

— Oui, avoua-t-il.

La pierre se transforma en milliers de papillons qui s'envolèrent dans son ventre. Il faisait chaud, *si chaud*, en ce soir du 24 décembre.

— Écoute Min-seo...

La peur prit possession de son corps, le figeant sur place, alors qu'il n'avait qu'une envie : partir en courant.

— Je ne suis pas amoureux de toi. Je t'avoue que je t'ai toujours vu comme un petit frère, et je...

Ce fut trop, Min-seo partit en direction de l'escalier. Il voulait juste retrouver la chaleur réconfortante de ses couvertures, pleurer sous un oreiller, plongé dans le noir, la musique à fond dans ses écouteurs et oublier.

Seong-woo attrapa son bras alors qu'il montait la première marche.

— Laisse-moi Sean.

Son ton avait claqué, froid, glacial même.

Seong-woo, sous le choc, le lâcha.

Min-seo courut s'enfermer dans sa chambre.

Au bout de quelques minutes, toujours figé dans l'escalier des Yoon, Seong-woo se décida à réagir. Il ne pouvait pas laisser Min-seo comme ça, dans le flou et la détresse la plus totale.

Arrivant devant la porte close du jeune homme, Seong-woo hésita avant de toquer. Il finit par entrer sans l'autorisation de Min-seo, de peur qu'il ne le laisse pas s'exprimer.

Pénétrant dans la pénombre de la chambre, Seong-woo marcha sur la pointe des pieds jusqu'au lit de Min-seo, roulé en boule sous ses couvertures.

— Min-seo ?

— Va-t'en Seong-woo ! Je veux plus te voir !

— Min-seo ? Minnie ? Min ?

— QUOI ?!

— Laisse-moi t'expliquer. Tu ne m'as pas laissé finir en bas. Alors, ne m'interromps pas, s'il te plaît Foxiny.

La tête de Min-seo sortit des draps, il avait le visage et les yeux rouges à force de pleurer, de la morve coulait de son nez, ses cheveux noirs étaient en pétard, pourtant Seong-woo le trouvait absolument magnifique.

— Tu t'es rappelé ?

— Oui, je voulais attendre que tu ouvres ton cadeau pour te le dire. Je t'ai pris une peluche de renard. *La peluche.* Celle que tu voulais tant avoir à la fête foraine il y a quatre ans. Celle que je n'ai pas réussi à gagner aux tirs de carabines. Je voulais tellement t'impressionner et surtout voir la joie dans tes yeux. Tu es magnifique quand tu es heureux Min-seo.

Les papillons qui avaient semblé morts, au fond de l'estomac de Min-seo, se redressèrent, nettoyant leurs ailes, et repartirent, tout doucement.

— Je t'ai peut-être toujours vu comme un petit frère, mais ces dernières années ont été différentes...

Il tourna sa tête à ce moment-là, cherchant ses mots, les yeux brillants.

— T'es devenu un homme Minnie ! J'ai commencé à te regarder d'une autre manière. Si je passais moins de temps avec toi, c'est parce que j'ai été un lâche. Je voulais pas fantasmer sur mon petit frère de cœur, encore moins alors que tu n'étais qu'un adolescent et que moi... bah... moi j'étais devenu un adulte. Je me dégoûtais de ressentir ça pour toi. Je me suis réfugié dans les études, et m'y suis mis à fond. Ça a marché, un temps.

— Tu... Je te... Tu fantasmais sur moi ?

Seong-woo se mit à rire, sans pouvoir s'arrêter, les larmes aux yeux.

— C'est tout ce que tu as retenu ?

— Oui. Du moins, c'est tout ce que j'ai envie de retenir.

Dans la pénombre de la chambre, ils se regardèrent, *longuement*. Ils auraient aimé une vie entière perdue dans les yeux de l'autre.

Seong-woo lâcha un de ces fameux sourires lumineux dont il était le spécialiste. Il posa sa main délicatement sur la joue de Min-seo.

— Je peux t'embrasser ?

Min-seo se sentit fondre.

— Oui. Putain, oui.

Seong-woo posa sa seconde main sur l'autre joue de Min-seo, alors que ce dernier enroulait les siennes autour du cou du brun. Leurs souffles se mélangèrent et des frissons les parcoururent. Leurs nez se touchèrent, puis Min-seo, tremblant d'impatience, vint déposer ses lèvres contre celles, pulpeuses, de Seong-woo. Le baiser qui au début semblait chaste s'emballa. Leurs lèvres se séparant, pour venir se toucher de nouveau, se mouvant l'une contre l'autre. Min-seo sourit dans le baiser, heureux d'embrasser aussi le premier homme qui avait fait battre son cœur.

Les mains de Min-seo descendirent, attrapant la chemise de Seong-woo, la serrant entre ses doigts. Il n'avait pas envie que le moment s'arrête.

Un flash l'arrêta dans leur échange.

— Putain! Ton cadeau!

Seong-woo explosa de rire.

— Arrête!

Il tapa le torse du brun.

— C'est important! Attends-moi ici, je reviens!

Min-seo courut comme si sa vie en dépendait, surprenant toute la famille restée en bas; heureusement qu'ils étaient bien pris par le reste du déballage des cadeaux et que Myeong-jun bredouilla une excuse.

Arrivant enfin en haut, à l'entrée de la chambre, le souffle court d'avoir monté les marches deux par deux, si ce n'est plus, il reprit quelques inspirations goulûment.

— *Hey*... Fallait pas courir Foxiny...

Seong-woo vint le prendre dans ses bras.

— Moi aussi j'adorais quand tu te blottissais contre moi, enfin entre «mes bras musclés», le taquina Seong-woo.

Min-seo atteignit des teintes de rouge qu'il n'avait pas encore tutoyées de la soirée, battant des records.

— T... tu... Tu avais tout entendu?!

— Oui, pouffa le brun.

Min-seo se jeta une fois de plus sur son lit se cachant derrière son oreiller.

— Je veux disparaître sous terre.

— *Oh crickey!* Comment je ferais après moi?

Min-seo bougonna dans sa barbe.

— Et mon cadeau?

— Oui, c'est vrai! s'exclama le plus jeune.

— T'as tapé le meilleur sprint de l'année, et tu t'en rappelles déjà plus? ricana à nouveau Seong-woo.

— Mais c'est toi aussi! Tu me déstabilises!

Il prit le petit paquet et le tendit à Seong-woo.

— Tiens!

Sean, de la malice dans les yeux, ouvrit délicatement l'emballage fait avec amour.

Lorsqu'il sortit une chaîne argentée avec un pendentif de loup au bout, Seong-woo sentit les larmes lui monter à nouveau aux yeux.

— Minnie... Bloody hell. Are you serious? It's too much. Fuck. Putain, Foxiny...

— Je t'aime Seong-woo. De tout mon cœur. Depuis tellement d'années. Je ne veux que toi. Je sais à quel point les loups sont importants pour toi. Et puis c'est nous, depuis toujours. Comme quand tu jouais encore avec moi, même si tu étais au collège, au loup et au renard.

Les yeux de Min-seo se plissèrent. Il s'arrêta quelques instants pour sourire avec amour à Sean.

— Car c'est nous, le loup et le renard.

Seong-woo sauta presque sur Min-seo, l'enfermant si fort entre ses gros bras musclés. Il ne voulait plus laisser partir Minnie. Pas après qu'il avait compris qu'il ne pourrait pas lutter contre son attirance. Pas après qu'il avait compris que Min-seo était bien plus que son ami d'enfance, son frère de cœur. Min-seo avait toujours été plus. Bien plus.

— Je ne t'aime pas encore Min-seo, mais tu me fais ressentir des choses que je n'ai jamais ressenties pour personne d'autre. Min, tu es si... tu es incroyable, ne doute jamais de ta valeur. Et si tu as confiance en moi, même si je ne suis pas encore amoureux de toi, j'aimerais que tu me laisses une chance, que tu nous laisses une chance, d'être un couple tous les deux.

Min-seo le regarda, les yeux écarquillés, les joues rouges pour la millième fois de la soirée.

— Oui! OUI! Bien sûr que oui Sean! Je veux!

Seong-woo resserra son étreinte autour du jeune homme, se laissant aller dans ses bras.

— *I love you so much Sean.*

— *Me too. Merry Christmas my lovely Foxiny.*

— Joyeux Noël aussi mon loup.

Goyangeo – ou le chaquin

Goyangeo
—
ou
le chaquin

TW — validisme, douleur, deuil, apocalypse

La brûlure.

C'était la seule chose qui prouvait à Hyeon-gi qu'il était en vie.

Elle était si acérée, si dévorante qu'elle remontait petit à petit, de ses doigts jusqu'à son cœur, grignotant chaque partie de son être.

— Tiens bon, lui chuchota une voix.

Il n'arrivait plus à discerner à qui elle appartenait. Tout ce que Hyeon-gi savait, c'était qu'il allait mourir de froid, ici, dans la ville qui l'avait vu naître : Séoul.

Elle avait bien changé en vingt ans. Autrefois si bondée, si lumineuse, si joyeuse, aujourd'hui, la métropole n'était plus que l'ombre d'elle-même.

Il n'avait fallu que quelques isotopes fissiles, de l'énergie et BOUM. La capitale de la Corée du Sud avait presque été rasée en quelques secondes seulement. La radioactivité avait pris place entre les murs de béton, plongeant dans le sol, le rendant stérile, comme toutes les personnes aux environs.

Hyeon-gi savait que s'il ne mourait pas de froid, ici, il finirait dévoré par le cancer, le manque de vivres, une attaque-surprise, ou tout simplement par le mal qui le rongeait depuis des années.

Heureusement qu'il les avait.

Mais qui ?

Tout était vague.

Soulever le moindre raisonnement, la moindre réflexion, lui demandait un effort surhumain.

Depuis combien de temps déjà était-il dans cet état second ? Dans cet entre-deux interminable ? Il ne savait plus vraiment.

— Comment il va ? Il se réchauffe ?

La voix de contre-ténor était agitée et cassée.

— Il respire encore, affirma l'autre voix, plus assurée et rauque.

— C'est déjà ça.

Petit à petit, Hyeon-gi reprenait conscience des choses l'entourant. Le zip d'une fermeture, le froissement de tissus, le craquement d'une allumette, ou bien le clap d'un briquet, il n'était pas trop sûr. Il grogna quand la brûlure s'amplifia. Un cri s'échappa de sa gorge asséchée lorsqu'il sentit le contact d'une personne contre lui. Était-ce un flanc, une main, ou peut-être une poitrine ? La seule certitude était la morsure qu'il ressentait sur ses hanches, une douleur à peine supportable. Tout était flou, mais malgré cela, il percevait toute la douceur et la délicatesse dans ce geste.

— Il l'a senti !

Un sifflement strident retentit. Sa tête allait exploser. Que cela cesse. Il n'en pouvait plus.

— Chut, là, là, Hyeonnie. On est là, avec toi.

Est-ce qu'on le berçait ?

— Tiens.

Froid ou chaud ? Mais quelque chose rongea ses lèvres, s'il en avait toujours du moins... Quand un liquide roula le long de sa gorge aride, il se sentit renaître.

Hyeon-gi ne savait pas combien de temps il était resté là, entre le sommeil, la mort, la conscience, ou cet entre-deux tordu, mais au bout d'un moment, quelques bribes lui étaient revenues.

Leur expédition. La tempête de neige les avait surpris. Ils. Eux. Oui. Maintenant il se rappelait. Kim Jae-hyun. Yang Taeyang.

Il les avait rencontrés quelques mois auparavant. D'abord Taeyang, puis Jae-hyun.

Jae-hyun faisait partie de cette minorité complotiste, survivaliste. Il avait tout prévu dans son bunker. De la nourriture pour vingt, voire trente ans. Taeyang, lui, avait été pris par surprise comme presque tout le monde. Bien sûr, certaines tensions ne mentaient pas. Le service militaire obligatoire pour les jeunes hommes était là pour le leur rappeler. Ils ne savaient plus lequel de tous ces pays totalitaires avait tiré en premier, mais ils se rappelaient du bombardement, des éboulements, des cris, du sang.

Du sang. Partout. Sur les pavés. Sur les murs. Sur les fleurs.

C'était un jour comme tous les autres. Il faisait beau. Pour une fois, Hyeon-gi s'était levé, la tête légère, presque aucune douleur dans le corps, reposé, prêt à soulever des montagnes, et non pas un pan de mur qui s'était écroulé sur le corps de sa mère.

Non, ce jour-là, Hyeon-gi aurait préféré que sa pathologie l'emporte plutôt que de voir s'éteindre la seule personne qui l'avait défendu envers et contre tous quand personne ne le croyait. Il aurait préféré ne plus jamais pouvoir utiliser ses jambes que de voir mourir celle qui l'avait mis au monde, celle qui l'avait aimé comme il était : imparfait.

Aux yeux de sa mère, il avait toujours été parfait, même quand les autres criaient aux mensonges face à ses plaintes, ses gémissements. On lui a toujours répété : un homme doit être fort, il ne doit pas pleurer, tes douleurs sont dans ta tête, arrête de simuler.

Alors il s'était endurci, s'était bâti un corps puissant.

Cela n'avait pas suffi.

Il était malade.

Il était handicapé.

Il le savait au fond de lui, depuis toujours.

Mais le reconnaître paraissait insurmontable.

Pourtant, quand les premières questions de Taeyang et Jae-hyun étaient arrivées, il avait bien été obligé de se confier.

— Il est toujours inconscient?

Il crut discerner un hochement de tête, mais il n'en était vraiment pas sûr.

Seules les deux respirations, en plus de la sienne, lui semblaient réelles. Elles le bercèrent, l'emportant petit à petit dans une obscurité rassurante.

— Je suis surpris que tu te sois blotti contre lui.

Taeyang écarquilla les yeux avant de les lever au ciel.

— Sa vie était en jeu. Et je te ferai remarquer que toi aussi.

C'est vrai qu'ils étaient tous deux, nus, contre le corps de Hyeon-gi. Les premiers hôpitaux ou centres médicalisés se trouvaient à des centaines et des centaines de kilomètres, il n'aurait pas survécu au voyage. Et ce n'était pas dit qu'on les aurait accueillis comme il se doit. Les survivants de la catastrophe séoulienne étaient craints, méprisés. Tout chez eux ramenait à ce dysfonctionnement mondial. Par la radioactivité, contagieuse, ils seraient à jamais associés aux bombes.

— *Hyung* ? Je crois qu'il est réveillé !

— Vous faites trop de bruit... gémit difficilement Hyeon-gi.

Taeyang et Jae-hyun ne purent s'empêcher de crier, entraînant le recroquevillement de leur petit ami. S'il avait pu disparaître sous le plaid troué et rêche qu'ils avaient déposé au-dessus de leurs trois corps, il l'aurait fait.

Dehors, il neigeait en continu. L'air s'infiltrait dans le hangar délabré dans lequel ils s'étaient abrités. Hyeon-gi frissonna, mais les couleurs sur ses joues et la chaleur de son corps étaient de retour.

Ses paupières papillonnèrent. Hyeon-gi prenait conscience petit à petit des événements de la veille. Il s'était réveillé avec l'impression qu'un camion lui avait roulé dessus. Ses membres inférieurs ne réagissaient quasiment plus. Sa tête tournait. Un bruit strident l'empêchait d'entendre totalement ses compagnons. À chaque fois que ses paupières s'abaissaient, il grimaçait de douleur. La sécheresse de ses yeux était insupportable.

— Ça ne va toujours pas aujourd'hui ?

C'était une question stupide vu l'état de Hyeon-gi, mais parfois cela ne se voyait pas, ni sur son visage ni sur son corps. Le handicap invisible portait bien son nom.

Jae-hyun partit fouiller dans l'un des sacs qu'ils avaient ramenés. Il en sortit un flacon en plastique jauni, un gilet et des mitaines compressives.

— Tiens, c'est de la crème lidocaïne. Elle est périmée depuis plus d'un an, mais c'est mieux que rien.

Il eut du mal à empoigner le pot, encore moins à l'ouvrir. Ses mains le trahissaient, comme si son corps ne voulait plus lui répondre.

Ses petits amis attendirent, calmement, sans jugement.

— Je veux bien de l'aide...

Taeyang vint se saisir du flacon et l'ouvrit.

— Tu veux que je te l'applique, ou tu préfères le faire ?

Ils préféraient toujours demander l'avis de Hyeon-gi. Ce n'était pas parce qu'il était handicapé qu'il n'était plus capable d'agir ou de prendre des décisions. Au contraire, sa maladie — le syndrome d'Ehler-Danlos — lui donnait des jours avec et des jours sans. Il n'avait aucun contrôle sur son état physique. Ses périodes de hauts et de bas étaient trop changeantes. C'était à lui de dicter ce qu'il voulait ou non, en fonction d'un baromètre lié à la souffrance, aux raideurs, aux déplacements d'organes, ou encore aux subluxations. Il n'y avait que lui-même qui pouvait se connaître aussi bien.

Il soupira, même si l'envie de grogner était bien plus forte. La pression à l'arrière de son crâne irradiait. Mais il n'avait pas le choix.

— Vas-y, merci, murmura-t-il. Il y a des parties douloureuses que je n'arriverai pas à atteindre...

Taeyang sourit et lui demanda de lui montrer les zones concernées. Hyeon-gi désigna une section de son dos vers ses omoplates, ses jambes — surtout au niveau de ses genoux — et son aine.

Le plus jeune s'exécuta, prenant une noisette du produit, voulant l'économiser au maximum. Il ne chauffa pas la crème pour la même raison. Hyeon-gi frissonna au contact des mains de Taeyang sur sa peau.

Tout en étalant la crème, il massa délicatement les muscles douloureux du plus âgé. Ce dernier lâcha de petits soupirs. Il avait toujours mal, mais la chaleur provoquée par le baume et les attentions de Taeyang l'apaisait.

Ce dernier s'agenouilla pour mieux atteindre ses jambes galbées. Il les massa de la même manière, s'attardant sur ses articulations. Il remonta, petit à petit vers l'intérieur de ses cuisses jusqu'à son aine ; Hyeon-gi gémit de soulagement. La scène n'avait rien d'érotique. Pourtant, d'un certain angle, on aurait pu le penser. Bien qu'il y ait de l'attirance entre ces deux-là, c'était, à cet instant, juste un jeune homme en aidant un autre.

Peu à peu, Hyeon-gi se sentit engourdi dans ces zones. Il ne percevait plus la pulpe des doigts de Taeyang. La douleur fut enfin plus supportable. Malgré cette gêne persistante à accepter l'aide de ses compagnons, Il parvenait aujourd'hui à les contempler en face, sans détourner le regard.

Jae-hyun, en retrait depuis le début, se rapprocha d'eux. Ses yeux reflétaient l'amour qu'il éprouvait pour ses deux compagnons. Il passa autour des doigts de Hyeon-gi, poignets et paumes des mitaines compressives. Puis il se pencha, plongeant dans le regard de Hyeon-gi, alors que celui-ci se faisait toujours masser. Il posa son front contre le sien, il pouvait sentir son souffle contre ses lèvres. Après qu'il eut hoché la tête, Jae-hyun, sûr de son consentement, attrapa le menton de Hyeon-gi pour venir l'embrasser à pleine bouche. Puis ce fut au tour de Taeyang, qui se releva et vint embrasser tour à tour Hyeon-gi et Jae-hyun.

Leur rencontre avait tout d'abord pris la forme d'un accord tacite, puis était devenue amicale, pour évoluer vers quelque chose de plus intime, de plus fort.

Être les survivants d'une apocalypse rapprochait les cœurs et les corps. Toutefois, aucun des trois n'aurait pu le prédire. Ils étaient tous si différents, pourtant, quand on les regardait de plus près, ils se complétaient parfaitement.

— Ce serait si bien si on trouvait cette foutue machine! On pourrait la brancher à l'alimentation du bunker! s'exclama Taeyang.

La colère de ce dernier, peut-être justifiée et compréhensible, tendait Hyeon-gi et Jae-hyun. Le premier ne voulait pas que son état pèse sur les deux personnes qu'il aimait le plus au monde. Il n'avait jamais souhaité être un poids, c'était déjà si dur pour lui de se faire trahir par son propre corps. Le médecin l'avait bien dit à ses 18 ans, ce n'était pas guérissable. Lui et sa mère qui l'accompagnait à l'époque auraient désiré qu'il prononce d'autres mots, pourtant c'étaient ceux-là qu'on leur avait donnés. Il fallait s'y faire. Ehler-Danlos était incurable.

Le second était tout aussi frustré que Taeyang. Mais il savait pertinemment que s'énerver de la sorte ne les aiderait pas à trouver ladite machine. Déjà, il y avait un concentrateur à oxygène, ici, au bunker. C'était dans ce genre de moment que Jae-hyun était reconnaissant envers lui-même d'avoir songé à tout, ou du moins presque. Sans ça, Hyeon-gi n'aurait pas aussi bien supporté ses périodes de *down*. Peut-être même qu'il aurait péri... Même s'il ne voulait pas y penser, ne pas l'imaginer, ça aurait pu être une réalité.

— On finira par en trouver une, un jour Tae-tae... soupira Jae-hyun.

— Mais quand?! C'est maintenant que Hyeonnie en a vraiment besoin!

Hyeon-gi, bien trop épuisé par les cris de Taeyang, par le poids de ses pensées, par sa culpabilité envers sa faiblesse, quitta la pièce sans un mot.

Il se réfugia dans la petite salle de sport du bunker. C'était son temple, sa bulle, sa cabane, rien qu'à lui. Il y passait le plus clair de son temps, qu'il soit en état ou non. Un sourire se dessina sur son visage alors qu'il regardait avec mélancolie le banc de musculation de Jae-hyun. Il vint l'effleurer de sa main droite, doucement, saisissant le moindre défaut : la texture du cuir, la mousse mal rembourrée à certains endroits, les déchirures dues à l'usure, le métal glacé, autant que le temps dehors. Il espérait préserver son cœur de ses ressentiments. Il ne voulait pas devenir hermétique. Taeyang et Jae-hyun l'aidaient à se maintenir hors de l'eau lors de ces instants si compliqués, mais aujourd'hui, ils n'avaient pas réussi. Alors, il était là, à fixer ce banc, à y reconnaître l'ancien qui trônait au milieu de sa chambre, qui faisait toujours râler sa mère...

Après avoir récupéré deux haltères, Hyeon-gi s'allongea sur le banc. Bien installé, les deux bras de chaque côté de ses pectoraux, il fit quelques séries de développés couchés.

Chaque mouvement prenait la forme d'un éclair dans son corps. Une brûlure rongeant ses bras de toute part, remontant jusque dans sa nuque. Pourtant, Hyeon-gi ne broncha pas. Il devait être plus fort, *toujours plus fort*.

Pourquoi son corps le trahissait en permanence ?

Pourquoi lui ?

Qu'avait-il fait ?

Cela n'avait pas toujours été comme ça.

Il ravala la douleur.

Au bout de quelques séries, qui lui arrachèrent une ou deux larmes, la porte grinça.

La silhouette de Taeyang apparut dans l'encadrement. Il baissait la tête, fixait ses pieds sous ses cheveux roux qui tombaient devant ses yeux. Puis, il avança. D'un pas. Un autre. Et encore un autre.

— Je suis désolé de m'être énervé comme ça...

Derrière ses mots se cachaient plein d'autres, comme : je déteste te voir dans cet état-là ; j'aimerais tant pouvoir faire plus ; si seulement la vie était plus facile ; mais peut-être que sans ça, on ne se serait jamais rencontrés ; je t'aime.

Hyeon-gi les lisait tous, à travers le regard sombre et profond de Taeyang.

— Je te pardonne, Tae-tae.

Un matin, Taeyang arriva tout fier, après avoir disparu toute une nuit.

— Tu es fou ! Partir comme ça tout seul !

Il s'installa dans le canapé du salon du bunker, un sourire aux lèvres. Le brun de ses yeux en amande ressortaient sous la lueur malicieuse qui les habitait.

— Tu peux marcher ? Comment tu te sens ce matin ?

Le plus jeune avait repris cet air plus sérieux, qui ne lui allait pas. Hyeon-gi détestait quand il le prenait. Cela le ramenait automatiquement à sa condition.

— Je vais bien, Taeyang, répondit-il sèchement.

Jae-hyun appuya délicatement son bras contre l'épaule de Hyeon-gi.

— Il s'inquiète juste.

— Je sais. Désolé, bredouilla-t-il.

Taeyang retrouva son sourire et vint faire un câlin à son petit ami.

— C'est moi qui suis désolé si j'ai pu te mettre mal à l'aise ou te blesser dans ma manière de me comporter.

Lorsqu'il s'écarta du plus jeune, Hyeon-gi avait lui aussi récupéré son sourire chaleureux si caractéristique.

— Alors ?

— Alors quoi ?

— Je vois bien que tu avais quelque chose à nous annoncer.

— Oui ! Punaise les gars ! J'ai trouvé un centre commercial, un peu plus loin à l'ouest. J'ai vu pas mal de parapharmacies, dont une qui aurait possiblement des bouteilles d'oxygène !

Taeyang était une véritable petite puce. Il sautait partout dans le salon du bunker, bien trop heureux par sa découverte.

— En plus, on pourra se ravitailler en vivres et tout !

— Tu t'en sens capable Hyeonnie ?

Il n'y avait aucune pitié dans le regard de Jae-hyun, non, il cherchait juste à ce que l'expédition se déroule sans encombre.

Hyeon-gi s'était reposé ces derniers jours, il avait peu à peu retrouvé un état de santé stable. Le matelas et les coussins à mémoire de forme de Jae-hyun y étaient pour quelque chose. Certes, il pourrait ne pas être totalement opérationnel demain, mais il avait envie de tenter. Et puis... il n'aimait pas les voir partir tous deux loin de lui, sans moyen de communiquer. S'il leur arrivait quelque chose ? Il ne serait pas sûr de s'en remettre, il avait déjà tout perdu, sa mère, ses amis, sa validité. Tout cela le ramenait à sa condition.

Bien sûr, il était fort, autant mentalement que physiquement, même s'il se faisait sans cesse trahir par son corps. Toutefois, cela ne suffisait pas. Jae-hyun et Taeyang avaient pris une place incommensurable, que rien ni personne ne pourrait remplacer.

— Oui.

Ils marquèrent une pause. Ils prirent le temps de tous s'observer. Était-ce une bonne idée de sortir encore avec ce froid polaire ? Au risque de se reprendre une tempête de neige dans la figure ? Au risque de glisser et de tomber avec le verglas ? Au risque de tout simplement mourir d'hypothermie, comme ça avait failli être le cas pour Hyeon-gi quelques jours plus tôt ?

— Allons-y.

Ils acquiescèrent avant de préparer toutes les affaires dont ils auraient besoin pour leur expédition.

Enfin, ils se trouvaient au Starfield COEX Mall de Séoul, du moins, c'était ce qu'il paraissait être. Seuls sa hauteur majestueuse et son plafond imposant, abritant une immense librairie s'élevant jusqu'au toit, témoignaient de son passé de centre commercial prospère. Les ravages des bombes avaient laissé leur empreinte, bien que l'endroit semble relativement préservé par rapport à d'autres parties de Séoul. Au milieu de la galerie marchande, la neige s'était entassée. Hyeon-gi leva la tête et put observer les nombreuses ouvertures qui parsemaient le toit. L'espace était désert, dépourvu de toute présence humaine en apparence, mais la prudence restait de mise.

Ce silence, celui qui avait envahi la capitale de la Corée du Sud après les bombes atomiques rasant tout sur plusieurs kilomètres; ce même silence qui s'était installé après les cris, les gémissements, les sanglots; celui-là même était omniprésent dans le centre.

— Vous venez?

Taeyang avait toujours ce petit sourire malicieux de renard dessiné sur son visage. Cette joie de vivre aidait beaucoup Jae-hyun et Hyeon-gi à garder la tête hors de l'eau.

Il slaloma à travers les divers magasins désaffectés, et monta plusieurs escalators à l'arrêt. Ils le suivirent, non sans difficulté pour Hyeon-gi. Chaque marche lui provoquait le sentiment de gravir une montagne abrupte. De nombreux éclairs le parcouraient au niveau des articulations et du dos.

Accrochés à leur ceinture, se balançaient des couteaux de cuisine, un spray au poivre, un taser et un Dan Bong[1]. Malgré l'anticipation de Jae-hyun et sa grande préparation, ce dernier n'avait pas pu se procurer d'armes à feu, strictement réservées aux forces de l'ordre.

Ils déambulèrent dans les différentes parties du centre, se rapprochant petit à petit de la pharmacie. Le claquement de la canne de Hyeon-gi accompagnait les bruits de leurs pas, tantôt feutrés sur la neige, tantôt lourds sur le terrazo du centre. Le temps pressait. Un groupe de survivants pouvait arriver d'un moment à l'autre. Et même si leurs intentions étaient pacifistes, pour la survie, on oubliait ses valeurs au détriment de l'individualisme.

Le petit groupe avançait difficilement, la fameuse machine à la main. La découverte avait été sensationnelle. Ils n'auraient jamais pu espérer la trouver ici. Taeyang avait parlé de bouteilles d'oxygène, de médicaments, de vivres, mais jamais d'une machine permettant la transduction magnétique extracorporelle. La Machine, avec un grand M. Ils la portaient à deux, se relayant chacun leur tour. Malgré son poids important, Hyeon-gi soulevait bien plus lourd lors de ses meilleurs jours.

Un petit cri faillit leur faire lâcher l'appareil. Quand ils comprirent d'où venait l'exclamation, Hyeon-gi et Jae-hyun regardèrent Taeyang avec de gros yeux.

— Tu es fou ?! Si on se faisait repérer ?!

— Non, mais regardez !

Taeyang avait perdu dix ans, ses traits s'adoucirent, ses yeux s'écarquillèrent, ils pétillaient d'excitation, de joie. Il

1 Dan Bong : bâton de défense

était retombé en enfance face à cette vitrine étincelante.

Une boutique de mode et de maquillage.

Un soupir franchit leurs lèvres presque simultanément.

Quand Hyeon-gi avait-il fait du shopping pour la dernière fois ? Il ne se souvenait plus. Tout ce qu'il se rappelait était lui caché dans les jupes de sa mère malgré son grand âge. Il y avait trop de bruit, partout. Et la lumière, aveuglante. La chaleur aussi. Il avait mal partout. Les gens le regardaient gémir, avec pitié, dans son fauteuil roulant.

« Il est handicapé, le pauvre, oh là là, tu vois Sang-Tae, tu as de la chance toi, d'être un petit garçon *normal*. »

Son cœur se serra.

Il avait mal.

Tellement mal.

Contrairement à Hyeon-gi, Taeyang se rappelait la magie de ces lieux, lui qui courait, courait si vite, sous les bras de sa mère, échappant à sa surveillance pour partir essayer des vêtements en tout genre. Il avait toujours aimé la mode. Il volait les magazines dans les salles d'attente, coupant les photos des mannequins, les collant dans son précieux carnet. Il aimait aller en cachette dans la salle de bain de sa mère, lui prendre son maquillage, s'en tartiner le visage, car on ne pouvait pas appeler ça se maquiller. La plupart du temps, il ressemblait plus à un clown qu'à un mannequin.

Jae-hyun, lui, était indifférent. Il avait suivi son père dans ce genre de centre commercial, ni apeuré, ni excité. Il voulait juste qu'on le laisse tranquille à la maison, lire ses livres, jouer aux jeux vidéo, regarder le match de baseball ou aller chez les scouts avec ses copain·e·s. Néanmoins, cela lui rappela son insouciance d'enfant, avant qu'il ne pense aux nations, aux lobbys, à leurs complots. Du moins, c'était ce qu'il croyait en bon survivaliste. Dès qu'il avait eu l'argent, le temps et les ressources, il s'était préparé à l'apocalypse.

Les deux, se rendant compte de la crise silencieuse de Hyeon-gi, arrêtèrent leur contemplation pour venir prendre le plus petit dans leurs bras.

— Hey bébé... Chut... Là, là, là...

— Tout va bien... On est ensemble... chuchotèrent-ils à tour de rôle.

À force d'être bercé et rassuré, les muscles saillants de Hyeon-gi se détendirent, son souffle se calma.

— On va rentrer à la maison.

— Non !

Le cri de Hyeon-gi avait résonné dans toute la galerie, se répercutant sur chaque mur. Un peu de neige tomba en s'entassant à leurs pieds.

Ils regardèrent la masse blanche, la bouche entrouverte.

— Non. Ça te tient tant à cœur. Je le vois, Tae-tae. On va aller faire un tour avant de rentrer.

Quelques minutes plus tard, après être rentrés dans la boutique, les sacs plus chargés que prévu, cédant à des pulsions, aujourd'hui révolues, ils s'égarèrent au rayon maquillage.

— Oh mon dieu ! Ça t'irait si bien !

Taeyang s'était muni d'un rouge à lèvres fuchsia et l'approcha dangereusement de la tête de Hyeon-gi qui recula.

— Allez Hyeonnie ! Tu serais sublime avec !

Il finit par céder devant la bouille d'enfant de Taeyang, et s'il voulait être totalement honnête avec lui-même, il était curieux, oui, curieux de voir ce que cela donnerait sur lui. Il avait toujours voulu lui aussi essayer de se maquiller, de porter des vêtements dits féminins, juste pour voir. Maintenant que plus rien n'avait d'importance à part survivre, il pouvait faire ce qu'il voulait.

Alors Hyeon-gi se laissa maquiller par le plus jeune, s'endormant presque au toucher, aux caresses des nombreux pinceaux, crèmes et poudres en tout genre.

— À ton tour Hyunnie !

Jae-hyun soupira et prit place sur le tabouret du bar à sourcils.

— Ce rose thé t'irait à merveille, il fait ressortir ton teint.

Un bout de la langue de Taeyang sortait. Ses sourcils étaient froncés. Le moindre mouvement était crucial pour un résultat parfait.

Il s'arrêta au milieu de son œuvre, une petite moue avait pris place sur son visage.

— Dites... Vous aussi, vous pourrez me maquiller ?

Les deux jeunes hommes se regardèrent, avant de rire, puis se tournèrent vers lui, attendris.

— Bien sûr mon amour.

Les paillettes, ces petites étincelles qu'ils avaient vues tous les deux naître il y a quelques mois. Celles-là mêmes, Hyeon-gi et Jae-hyun ne se lasseraient jamais de les contempler. Elles rendaient Taeyang si beau. Oui, il était magnifique, et ils l'aimaient plus que tout au monde.

Sur le toit du Stanfield COEX Mall, les bouteilles d'oxygène, les pots de crème lidocaïne, la machine de neurostimulation électrique transcutanée, des vêtements et des tubes de rouge à lèvres en veux-tu en voilà posés à côté d'eux, Hyeon-gi, Jae-hyun et Taeyang savouraient le soleil sorti des nuages. Le printemps commençait à montrer le bout de son nez. Même si le paysage séoulien portait encore des couleurs froides, le chant du peu d'oiseaux n'ayant pas encore migré ne trompait pas. Les nuages portaient les mêmes couleurs depuis l'attaque, ce camaïeu de rouge orangé, mais aussi des teintes comme le noir ou le gris. Ils prenaient de drôles de formes irrégulières, tantôt tourbillonnantes, tantôt fragmentées. Quelques-uns étaient denses, quand d'autres étaient flous, quasiment transparents.

— Un chat! Mais si! Regardez! s'exclama Taeyang.

Il insista devant leurs airs sceptiques.

— Je trouve qu'il ressemble plus à un requin.

Hyeon-gi s'était redressé pour avoir de meilleurs appuis.

Jae-hyun dessina dans la cendre qui couvrait l'entièreté du toit. Elle avait teinté les quelques tas de neige voisins de gris.

— Qu'est-ce que c'est?

— Un chat-requin. Un chaquin!

Jae-hyun avait un léger sourire aux lèvres. Ses sourcils redressés, les yeux pétillants, il arborait un air de chiot.

— J'avoue!

— J'aime bien.

Ils s'étaient enfin mis d'accord sur quelque chose.

Hyeon-gi tira leurs bras pour les attirer contre son torse. Englobant leurs têtes entre ses biceps, il massa lentement leurs crânes. Taeyang et Jae-hyun soupirèrent de bien-être. Le plus jeune se nicha encore plus contre le pectoral de son petit ami, alors que Jae-hyun attrapait chacune de leurs mains dans les siennes pour entrelacer leurs doigts.

— J'ai attendu ce moment toute ma vie, chuchota Hyeon-gi.

Ils restèrent longtemps à contempler les nuages, comme avant, dans leurs anciennes vies. Ils se chamaillèrent de longues minutes dans le froid. Ils se firent aussi des câlins. Et même s'ils savaient qu'ils finiraient par mourir des radiations, de faim, ou d'une attaque par un groupe ennemi, c'était ici qu'ils voulaient être, malgré tout ce qu'ils avaient vécu, *car ils étaient heureux, ensemble.*

remerciements

Comme pour mon premier livre, j'espère n'oublier personne. Alors je tenais à exprimer ma gratitude à toutes les personnes m'ayant aidée à publier ce recueil, ainsi que celleux qui m'ont soutenue tout au long de cette année 2024.

Je commence par remercier chaleureusement mes bêtas-lectrices et correctrices Anaïs, Sophie, Aimie et Carla pour leur travail exceptionnel. Elles ont su détecter les faiblesses du manuscrit, les pointer avec précision, pour venir tailler et polir, pour le rendre étincelant à vos yeux.

Merci à Miu, alias Alssyu, qui m'a aidée à travers chaque étape de mon processus créatif, mais aussi en tant qu'amie ♥ Tu as été tel un nuage, m'enveloppant de toute ta douceur et gentillesse. Je me sens extrêmement reconnaissante de pouvoir faire partie de ta vie. Il me tarde de faire la Y/CON en tant qu'exposante à tes côtés!

Je voulais aussi remercier ma maman qui m'a toujours soutenue dans chacun de mes projets. Merci pour tes relectures attentives, tes corrections précieuses, et tes conseils avisés pour la couverture.

Je souhaite exprimer mes remerciements aussi à toute ma famille et mes ami·e·s, comme Joy, Moonie, Julia, Arthur, Natsuko, Mariette, Momo-lune et Laura (jamais l'une sans l'autre), Manon, Pinky, Zoé, my Jeonginnie, Mathilde et Sam.

Je remercie, bien évidemment, également, Chloé, et Kimmy, qui ont été mes premières lectrices et fans.

Sehkara, merci de m'avoir permis de rejoindre ton serveur Discord. Sans lui et ton soutien, je n'aurais pas autant avancé dans mes projets — même si certaines soirées, on rigolait et parlait plus qu'on écrivait. Je pense fort à toi et t'embrasse.

Merci du fond du cœur à Leia, qui a relu toutes mes nouvelles lors du processus de réécriture et qui est toujours d'un soutien et d'un amour sans faille. Je t'aime de tout mon cœur et bien plus encore.

Je n'oublie pas la team musée : Pascalou, Murielle, Ericou, Oriane, Alexou, Laurenne, Olgoushe, Manon et Lucie (les inséparables) Leeky, Paul et Amandine — qui me lit peut-être du Canada.

Et enfin, merci à vous, mes lecteurs, pour vous être procuré ce recueil pour votre soutien, qu'il soit financier ou en partageant mon travail. Cela me touche profondément.

J'espère que vous avez passé un agréable moment en compagnie de Hee-jun, Marilyn, Min-seo, Jeanne et Hyeon-gi.

ressources

— **Nightline** : un service d'écoute nocturne tenu par des étudiant·e·s (chaque ville/région a son numéro d'écoute disponible sur le site de l'association).

— **Fil santé jeune** (0 800235236) : un service anonyme et gratuit 7 j/7, de 9 h à 23 h, qui propose une écoute, de l'information, des conseils, et une orientation pour les jeunes de 12 à 25 ans.

— **La SPS (Soins aux Professionnels de Santé)** : c'est une ligne nationale gratuit d'un poste fixe ouverte à tous·tes les étudiant·e·s, 24 h/24 et 7 j/7. Les écoutant·e·s sont des psychologues «expert·e·s».

— **Le 3114** (7 j/7, 24 h/24) : numéro national de prévention du suicide.

— **SOS Homophobie** (01 48 06 42 41) : service d'écoute téléphonique national pour les personnes victimes ou témoins d'actes ou de discriminations lesbophobes, gayphobes, biphobes, transphobes ou intersexophobes.

— **Comment on s'aime** : tchat d'écoute, d'information et d'orientation sur le sujet du couple, des relations amoureuses et sexuelles, et les violences qui peuvent y être associées.

— **Le 0 800360360** (numéro vert) : service téléphonique pour les personnes en situation de handicap et/ou les proches aidants, en grande difficulté ou sans solution immédiate. Des équipes à proximité de votre position, vous répondent et vous donnent les informations nécessaires.

— **Le 01 42 38 08 08** : ligne d'écoute téléphonique nationale et gratuite, aide, soutien et conseils aux personnes endeuillées, confrontées à la mort d'un proche.

— **Fédération européenne Vivre Son Deuil** : association créée en 2001 par le psychiatre Michel Hanus. Elle apporte aide et soutien aux endeuillé·e·s à travers des structures locales en France et en Belgique. Cela se traduit par une écoute téléphonique, un accueil dans les centres en région, des ateliers et des conférences.

— **FAVEC :** Fédération des Associations de Conjoints Survivants et parents d'orphelins. Créée en 1949, cette association accueille, écoute et informe les veufs, veuves, orphelin·e·s. Elle offre un lieu d'écoute en tête à tête ou en groupe pour les personnes endeuillées et les oriente dans leurs démarches administratives et les aide si elles sont sans ressources.

— **Apprivoiser l'Absence :** association basée sur les groupes d'entraide pour parents, frères et sœurs en deuil, accompagne le deuil au sein d'un réseau, en apportant écoute, aide et soutien ; aide à tisser du lien social en évitant l'isolement et permet à chacun·e de découvrir ses propres ressources.

J'espère que vous avez passé un bon moment et apprécié le recueil.

À bientôt,

Camille

à propos de l'autrice

Camille Baclet est née en 1998 en Franche-Comté. Passionnée depuis toujours par le dessin d'animation, les histoires d'aventures, de fantasy et d'amour, elle se dirige, lors de ses études supérieures, vers une école d'art. Diplômée mention Bien en animation 3D en 2020, elle décide en plein confinement de reprendre sa deuxième passion après le dessin : l'écriture. Ayant trouvé un public sur Wattpad, elle se lance enfin en 2022 dans l'écriture de son premier roman original : *Sous les étoiles*, disponible depuis juillet 2023 dans toutes les librairies en ligne.

Animée par ses nombreuses passions, Camille se donne corps et âme pour proposer à ses lecteurs des livres aux thèmes variés et engagés. Au détour des pages de ses œuvres, vous trouverez sûrement un bout de ses influences comme *Amélie Poulain*, *Twilight*, *Hunger Games*, *Nana*, *Pandora Hearts*, *Outlander*, *Kiki la petite sorcière*, *Naruto* ou encore *La Reine des neiges*.

Vous pouvez retrouver et contacter l'autrice sur son site internet ou sur ses réseaux sociaux :

www.LEBAZARDECAMILLE.fr

 @camille_baclet
@lebazardecamille

 @Camille_Baclet

Retrouvez
Jeanne, Louise et Marthe
dans *Sous les étoiles*,
le premier roman de Camille Baclet